陣星《いくさぼし》、翔《か》ける

陣借り平助

宮本昌孝

祥伝社文庫

目次

鵺《ぬえ》と麝香《じゃこう》と鬼丸《おにまる》と

一

男の子が谷間の川原を伝《つた》っている。

顔は泥で汚れているが、上等そうな小袖《こそで》と袴《はかま》を着けているところをみると、上流武家の子か。

二、三歳であろう、足許《あしもと》がおぼつかない。

山が迫って川原が狭《せば》まり、岩場に往《ゆ》く手を遮《さえぎ》られると、小さな手足を懸命に動かしてよじ登り、頂《いただき》で向きを変えてから、足先より少しずつ下りる。

昨日まで時雨《しぐれ》つづきで、水量の増した川は恐ろしげに轟々《ごうごう》と流れている。落ちれば、ひとたまりもあるまい。

しかし、男の子に怖《お》じ気《け》づいたようすはみられぬ。白い息を吐きながら、ただ黙々と下流へ向かって身を移すばかりだ。誰かに言い聞かせられて、それを無心で実行している、そんな風情《ふぜい》である。

躰《からだ》の何十倍もある巨岩の前にきた。

仰《あお》ぎ見た途端、頭の重さで後ろへ倒れそうになり、よたよたと後退し、尻餅《しりもち》をつく。

男の子は、いったん周囲を見回してから、立ち上がると、巨岩の裾《すそ》と奔流《ほんりゅう》の間の狭小な岸辺に踏み入り、岩面にへばりつくようにして、横歩きに進んだ。

濡れた石に一、二度足を滑《すべ》らせたものの、狭小な岸辺をなんとか抜けて、巨岩の向こう側へ出た。広い川原である。

そこで、立ち竦《すく》んだ。

上から、ぬっと現れたものに驚いたからである。

馬の顔であった。

美しい緋色毛《ひいろげ》の馬が、長い平頸《ひらくび》を垂《た》らして、男の子の顔をのぞきこむ。

男の子も見つめ返す。

驚いても、怖がりはしないのは、まだ人間よりも獣《けもの》に近しい幼児ゆえであろう。

男の子が、もういちど、身を強張《こわば》らせた。

見上げる馬の、さらに上方、巨岩の頂から顔をのぞかせて、小さく手を振っている人と眼が合ったのである。

「やあ」

その人は、明るい声を降らせてきた。

「いまから飛び降りて、それへ参るが、よろしいか」

すると、男の子はかぶりを振る。人間には警戒心を湧かせたようであった。

「されば、上から無礼とは存ずるが、このままで」

笑顔を消さずに、その人は名乗る。

「それがし、魔羅賀平助《まらがへいすけ》と申す」

いまは亡き十三代足利《あしかが》将軍義輝《よしてる》より、百万石に値《あたい》すると激賞された天下無双の陣借り者。陣借り者とは、平たく言えば傭兵《ようへい》である。いくさの匂いを嗅《か》ぎつけ、みずから売り込むのがふつうで、それだけに性質《たち》の悪い者が多い。武将たちも、よほど兵が足りないとか、逆に敵を数だけで圧倒したいときなどには傭《やと》うものの、本音はあまり歓迎しない。そういう中でも、兵法に通じていたり、鎗《やり》働きがめざましかったりする者が稀《まれ》にいる。別して魔羅賀平助は、天下の諸侯《しょこう》が挙《こぞ》って高禄《こうろく》で召し抱えたがるほどの武名を轟《とどろ》かせていた。もとより幼児の知るところではないが。

しかし男の子は、平助を、よき人、と膚《はだ》で感じたものか、警戒心を解《と》いたようすで、

「くまちよである」

舌足らずに名乗った。

言ったそばから、あっと声をあげ、両手で口を塞《ふさ》いだ。それから、また慌《あわ》てて両手を離し、あらためて名を告げた。

「そうはちじゃ」

どうやら、男の子にはまことの名を明かしてはならぬ事情があるらしいが、その可愛らしすぎる隠蔽《いんぺい》の仕方に、笑いを怺《こら》えねばならない平助であった。

「そうはち、どのだな」

平助が納得したように言ってやると、まことの名をくまちよというに違いない男の子は、急いでうなずいた。

「そうはちどのは、いずれへ参られる。それがしでよろしければ、どこへなりとお連れいたそう」

平助が、家や両親のことを訊《たず》ねないのは、乱世の常を思ったからである。もしいくさで家も両親も失った子であるなら、そのことに触れては、泣きだされるか、黙りこくられてしまうか、いずれかであろう。

「くまがわ」

と男の子は言った。

「さようか……」

くまがわだけでは、いずことも知れぬ。

「うみのむこう」

下流を、男の子は指さした。

この野洲《やす》川《がわ》が流れ着く先は、近江《おうみ》の海とよばれる琵琶湖《びわこ》である。

うみのむこうとは、近江の湖西、あるいはもっと向こうの若狭《わかさ》、丹波《たんば》、山城《やましろ》のどこか、ということであろうか。

(何も分からぬよりは、よい)

平助はいま、近江甲賀《こうか》郡の山間部の和田《わた》という地をめざしている。それには、野洲川沿いにさらに遡《さかのぼ》らねばならず、男の子の行きたい方向とはまったく逆であった。

(和田はあとにしよう)

ここへ至るまでも、目的はあるものの、いつもと変わらず、ゆるゆるとした旅をつづけてきたのである。

岩の頂で立ち上がった平助は、

「では、そうはちどの。それがし、飛び降りてもよろしいか」

許可を求めると、こんどは、こくり、と男の子のうなずきが返されたので、ふわりと舞い降りた。

触れられる近さに立った平助を見上げて、男の子があんぐりと口を開け、目をぱちくりさせる。

異邦の血の混じる平助は、背が低くて胴長で足が短いという多くの日本人とは、かけ離れた体軀《たいく》の持ち主である。身の丈《たけ》六尺を超え、逆三角形の胴と長い手足が別の生き物を思わせる。彫りの深い顔に、茶色がかった眸子《ぼうし》、高い鼻梁《びりょう》という異相も、その観を一層、際立《きわだ》たせていた。

男の子にとっては、初めて見る種類の人であるに違いない。

平助は、足許に置かれている鞍《くら》を持ち上げると、緋色毛の馬に話しかけた。

「よいか、丹楓《たんぷう》」

応じて、丹楓の平頸が上下に振られる。

この気の強い牝馬は、主人の平助に頼まれても、みずからが諒《りょう》としなければ、決して余人を乗せないのだが、無垢《むく》な幼子《おさなご》ばかりは例外のようである。

平助は、鞍の前輪《まえわ》の鰐口《わにぐち》に革紐《かわひも》を通して結ぶと、その鞍を丹楓につけ、鐙《あぶみ》の位置を高くしてから、男の子を抱き上げ、鞍橋《くらぼね》の居木《いぎ》に腰を落ちつけさせた。

「この紐をしかと摑《つか》んでおられよ」

と革紐を、小さな両手に持たせる。

自身は、馬上に身を移さず、義輝より拝領の愛刀志津三郎《しづさぶろう》を背負い、甲冑《かっちゅう》などすべての荷を結びつけた朱《しゅ》の長柄《ながえ》の傘《かさ》を左肩に担《かつ》いで、右手で丹楓の口取《くちとり》をする。

「されば、そうはちどの。くまがわへ参ろう」

馬首を、川原の出入口へ向けた。そこから細径《ほそみち》を上れば、川沿いの山路《やまじ》へ出られる。

しかし、丹楓が踏み出さず、何かに気づいたように、頸を立てた。

(この子への追手《おって》か……)

平助も気配を察する。

足音が聞こえたかと思うと、細径から川原へ、人が出てきた。

五人。

いずれも、なぜか真っ赤な頭で、筒袖《つつそで》に裁付袴《たつつけ》、足拵《あしごしら》えも充分である。衿《えり》もとに鎖帷子《くさりかたびら》がのぞく。

真っ赤に見えた頭は、植毛兜《うえげかぶと》である。頭形兜《ずなり》などに、熊・猪・馬・舶来のヤクなど獣毛《じゅうもう》を貼り付けたものを、そう称した。

平助には、見覚えがある。

(あれは犬の毛を赤く染めたもの……)

植毛に犬のそれを用いるのは、きわめてめずらしい。戦場でまみえたことがあった。

「阿波三好《あわみよし》の狗神党《いぬかみとう》の方々《かたがた》だな」

かつて足利義輝に陣借りし、本陣を守ったさい、夜陰、突入してきたかれらと渡り合ったのである。

三好氏は、当主の長慶《ながよし》が没する前の一時期、曲がりなりにも畿内《きない》に覇《は》を唱《とな》えることができた。それは、狗神党の陰《かげ》の活躍があったればこそといわれている。

その狗神党が、三好の力の及ばぬ江南《こうなん》の地に出向いているのは、隠密《おんみつ》の任を帯びてのことであろう。となれば、狙《ねら》いはひとつ。

（覚慶《かくけい》どののお命）

将軍義輝を弑逆《しいぎゃく》した三好三人衆と松永久秀《まつながひさひで》は、義輝の弟である奈良興福寺《ならこうふくじ》一乗院《いちじょういん》門跡《もんぜき》の覚慶も殺したかったのだが、興福寺の強い反発に遭《あ》い、厳重な監視下におくという形に留《とど》めた。その後、三好と松永に間隙《かんげき》が生じたところをついて、覚慶が義輝の遺臣《いしん》たちの手引きによって奈良脱出に成功し、近江甲賀郡の和田惟政《わだこれまさ》のもとに落ちついたのである。平助が和田を訪《たず》ねる理由も、それとまったく無関係ではない。

三好三人衆はいま、長く阿波で扶養《ふよう》してきた足利義親《よしちか》（義栄《よしひで》）を新将軍に樹《た》てるべく、準備をすすめている。義親は、十二代将軍義晴《よしはる》の弟義維《よしつな》の子で、覚慶とは従兄弟の関係である。

ところが、松永久秀との決裂により、畿内の情勢が義輝暗殺の直後にもまして不穏《ふおん》になったので、三好は義親を上洛《じょうらく》させる時機を逸《いっ》した。そこへ、義輝の遺臣たちが覚慶の新将軍就任に向けて画策を始めていると伝わった。傀儡《かいらい》将軍を担いで、再び京と畿内を掌握《しょうあく》したい三好が、障害を取り除《のぞ》こうとするのは当然であろう。

（とすると……）

丹楓の鞍上《あんじょう》の男の子は、その重大事に関わりがあるということなのか。

平助の推量もそこまでである。狗神党の五人が、一言も発せず、左右に開いて、差料《さしりょう》を抜いた。凄《すさ》まじい殺気を放ちながら。

狙いを定めたら問答無用で殺すのを常とするのが、阿波三好の狗神党なのである。

平助は、傘の朱柄から荷を下ろすや、その先端を前へ突き出した。敵が動きをとめる。

五対一の優勢なのに、いきなり斬りつけてこないのは、いま闘《たたか》おうという対手《あいて》が何者であるかを、かれらは瞬時に知ったからに違いない。緋色毛の巨馬とともにある異相の巨軀《きょく》に、狗神党は十数名を討たれている。

「そうはちどの。紐を決して放さず、伏せていられよ、何があっても」

平助から言われると、男の子はそのとおりにした。両眼をぎゅっと閉じて。

「丹楓、そうはちどのを頼んだ」

アラブと日本の混血種であるこの賢く逞《たくま》しい牝馬は、右の馬沓《うまぐつ》で川原の石を踏み鳴らし、承知の返辞とした。

平助は、突き出した傘をぱっと開くと、大きな円形の笠《かさ》の後ろで腰を落とし、巨軀を対手の視界から消した。その低い姿勢のまま、五人に向かって走る。

傘としては柄の長すぎるそれは、笠の中心部の下に鋭利な身を隠した鎗なのである。

笠は、風をうけて、地上すれすれのところで風車のように回り始めた。

陣借り平助は、この独特の武器をもって、かさやり平助、の異名を持つ。

円形の笠を竹とんぼのように空中高く舞わせ、それで敵の視線を上へ振らせておいて、素早く鎗を繰り出すという、かさやり平助の戦法を知る狗神党の五人は、刀を左手だけに持って、右手に棒手裏剣《ぼうしゅりけん》をかまえた。笠が宙へ飛ばされた瞬間、現れた平助の巨軀めがけて一斉に投《な》げうつのだ。

唸《うな》りをあげて回転する笠が、五人へ迫る。

来る、とその瞬間をかれらが見切ったとき、過《あやま》たず、笠は舞い上がった。

五人とも、棒手裏剣を投げうったそのときが、後悔のときであった。

五本の棒手裏剣が突き刺さった標的は、平助の巨軀ではない。そこで急に回転をとめた笠のほうである。舞い上がったのが平助だ。

敵は笠が舞い上がると信じて疑わないはず、と予測した平助の騙《だま》しであった。

空中にある平助の頭上に、切《き》っ先《さき》を逆しまにした太刀《たち》も浮かんでいる。刃渡《はわた》り四尺の大太刀、志津三郎を背負いの鞘《さや》から抜刀するさい、柄《つか》を握った右腕を天へ突き上げるようにして伸ばし、抜き身をいったん放り上げるからである。

五人の真ん中に立つ者の前へ降り立った平助は、長い右腕の掌底《しょうてい》のひと突きで対手のあごを打ち砕《くだ》いた。それとほとんど同時に降ってきた志津三郎の刃に、みずからの鼻先を掠《かす》め過ぎさせておいて、切っ先が地へ達する寸前で、柄を両手に捉《とら》え、くるりと刀身を回転させる。その動きの流れを停《と》めることなく、左方の二人に対して、撥《は》ね上げと、返す一閃《いっせん》の振り下ろしで、どちらも斬り仆《たお》した。

刀の柄を両手で握っていなかったかれらに、剛剣の瞬息の斬撃を禦《ふせ》ぐ術《すべ》はなかったといえよう。

平助は、右方の残る二人へ振り返った。

一方がこちらへ踏み込んできた。他方は、そうはちのほうへ駆け向かっている。五人中の三人を瞬時に討たれながら、怯《おび》えもしなければ、なすべきことを忘れもしないのは、さすがに狗神党の者らであった。

平助は、伸びてきた刀を巻き込んで、上から押さえつけ、その刀背《みね》に沿って志津三郎の刃を滑らせながら、躰を寄せ、右肘《ひじ》を対手の顔面へ叩き込んだ。

吹っ飛んだ対手は、仰のけざまに、川へ落ちた。そのまま、奔流に呑《の》まれて、下流へ運び去られてゆく。

そのときには、丹楓も、最後のひとりを、素早く強烈な後肢《あとあし》のひと蹴《け》りで絶命せしめている。

男の子は、依然として、上体を伏せて鞍にしがみついたままだ。怪我を負わされたようすはない。

ふうっ、と平助は息を吐いたが、しかし、丹楓のほうは平頸を急激に後ろへ振り仰がせた。

谷間に銃声が轟《とどろ》いた。

平助は仰向けに川原へ倒れた。

二

断崖上に、立射《りつしゃ》の構えで火縄《ひなわ》銃《じゅう》を持つ者がいる。銃口より白煙を立ち昇らせながら。

赤い植毛兜の真っ向の、犬の髑髏《どくろ》を象《かたど》った前立《まえだて》が不気味だ。不自然なほど白い肌と、狐みたいに切れ長の目と朱唇《しゅしん》のせいであろうか、ぞっとするほどの美貌である。

狗神党の男が二人、左右に折り敷いているところをみると、この凄艶《せいえん》な女が宰領《さいりょう》なのであろう。

宰領は、下方の川原で倒れて動かない平助に冷やかな一瞥《いちべつ》をくれてから、背後の木立を振り返った。

後ろ手に縛《ばく》された武家らしい女人《にょにん》が二人、地べたに座らされており、それぞれの後ろにもひとりずつ、狗神党の男が立っている。

「よもや、熊千代《くまちよ》さまを……」

武家女の一方が、蒼白《そうはく》なおもてを上げて、宰領を凝視する。

「この者らにとって熊千代は大事な人質。決して殺すまい」

もうひとりの武家女が、宰領に挑戦的な視線をあてながら言った。

崖《がけ》っ縁《ぷち》まで進まなければ、下の川原は見えないから、宰領が標的としたものが何であるのか、武家女たちには分からない。

「二度と逃がすでない」

宰領が左右の配下に命じた。鳥肌を立たせるような冷酷な声だ。

配下の二人は、びくっとして頭を下げてから、ただちに立って、木立の斜面を駆け下りていった。川原へ下りるには、いったん山路へ出て回り込まねばならぬ。

宰領も、崖っ縁を離れて、斜面を足早に下り始める。

武家女を捕縛《ほばく》している二人も、それぞれを引っ立てて、宰領につづいた。

ほどなく、川原へ出た狗神党の最初の二人は、戸惑った。

熊千代がいない。

それどころか、熊千代が乗っていた馬も見当たらないではないか。川原に晒《さら》されているのは、仲間の四つの死体ばかり。二つは折り重なり、あとの二つはばらばらに点在している。

熊千代が山路へ逃れ出たはずはない。この川原と山路をつなぐのは一筋《ひとすじ》の細径だけで、それを用いたのなら、自分たちと出くわしているであろう。

対岸へ渡ったというのもありえない。川は水嵩《みずかさ》が増しているし、流れも速い。となれば、この川原で身を隠せる場所は、一ケ所のみ。二人の前方に見える、そそり立つ懸崖《けんがい》と川との間を塞いでいる巨岩の向こう側だ。

実は、宰領の銃弾に倒れたはずの平助もどこにもいないのだが、熊千代が消えたことに動揺した二人は、その重大事を見落としていることに気づかない。

二人は、小走りに巨岩へ向かった。その背後に、宰領が現れる。

宰領が真っ先に気づいたのは、平助が倒れたところに、その死体がないことであった。

近くに折り重なって斃《たお》れている配下の死体が動いた。上の死体を撥ね上げて、下の死体が躍《おど》りかかってきたのである。

携《たずさ》えていた火縄銃を捨て、跳び退《しさ》りながら差料を抜き放とうとした宰領だが、柄を握った右手を押さえ込まれてしまう。

寄せられた巨軀から、強く血が匂った。

「丹楓が気配を察して崖上を振り仰いでくれなければ、心の臓を撃ち抜かれていた」

口許《くちもと》に笑みを湛《たた》えた平助の左肩が、真っ赤に濡れている。銃弾を浴びながらも、崖上から人影が失《う》せるやいなや、立ち上がり、折り重なっていた死体のうちの一体を川へ捨てて流した平助なのである。

「久しいな、鵺《ぬえ》どの」

蠱《かんなぎ》　鵺。

平助を火縄銃の的《まと》にかけた宰領は、狗神党の党首家・蠱氏のむすめである。

「魔羅賀平助、次は必ず殺す」

憎悪の視線を返す鵺であった。

かつて狗神党の一隊が足利義輝の本陣を襲ったとき、大半を平助ひとりに討たれた。指揮をとった鵺の兄も、である。

ヒュー ッ……。

平助が、口笛を吹いた。

巨岩に迫っていた狗神党の二人が振り向き、目にした光景に一瞬、立ち竦んだが、後ろで何か音がしたので、また巨岩のほうへ向き直る。

巨岩の頂に、丹楓が現れた。鞍上には、熊千代。

丹楓が跳躍した。思わず、二人は、兜をつけた頭を抱えてしゃがみ込む。

その頭上を、丹楓は悠然と躍り越えて着地するや、あるじの平助のもとへ馬体を運んだ。

「抜くな」

差料に手をかけた狗神党の二人の動きを、平助は制した。鵺の頸《くび》に巻きつけた左腕に少し力を込めている。

「その」

鞍上の熊千代が、平助の後方を見やって叫んだ。

鵺の配下の残り二人が、それぞれ武家女を引っ立てて細径を下りてくるところだ。

熊千代は、鐙から足を外して、丹楓より滑り下りた。

熊千代が地へ足を着けた途端、丹楓は平頸を素早く回して、後ろから袴の紐をぱくりとくわえ、幼子の躰を吊り上げてしまう。

「はなせ。はなせと申すに」

空中で熊千代が手足をじたばたさせるが、丹楓は意に介さない。

「鵺さまを返せ。返さねば、その熊千代の母を殺す」

鵺の配下が、武家女の一方の頸へ刃《やいば》をあてた。

「申すまでもないが、熊千代も渡してもらう」

もうひとりの配下も、他方の武家女の胸へ切っ先を突きつける。

二対二の交換ということである。

「いかがいたす、魔羅賀平助」

と鵺が、早くも勝ち誇ったように言った。

「汝《うぬ》のことじゃ、われらがその子を殺したいのではなく、身柄を持ち帰りたいのだと察していよう。汝は女にやさしい。見殺しにはできまいぞ」

「それがしは女子《おなご》にやさしい、か。鵺どのに褒《ほ》めてもらえるとは、思いがけないことだ」

「阿呆《あほう》か、汝は。褒めてなどおらぬわ」

「さようか。それは残念」

平助は、細径のほうへ視線を向け、

「ご上臈方《じょうろうがた》、お名を承りたい」

と縛された二人の武家女へ呼びかけた。

「わたくしは、従五位下兵部大輔《じゅごいのげひょうぶたいふ》、細川與一郎藤孝《ほそかわよいちろうふじたか》の室《しつ》、麝香《じゃこう》」

熊千代の母が名乗った。

「これなるは、わが子熊千代の乳母《うば》、薗《その》にございます」

熊千代が母と乳母を前にして、真っ先に乳母の名を呼んだのは、身分高き家の幼子ゆえであろう。そういう家では、幼少年期の子は母ではなく乳母とともに過ごすのが常なのである。

「細川大輔どののご妻女であったか」

細川兵部大輔藤孝なら、常に義輝に近侍《きんじ》していたので、平助も親しく交わった。藤孝が覚慶の奈良脱出の立役者であったことも伝え聞いており、和田で会えるのではないかと期待していた。

「それがしは……」

平助が名乗ろうとすると、

「魔羅賀平助さま。存じあげております」

麝香に先んじて言いあてられた。

「良人《おっと》はいま、この先の和田の地にて、亡き将軍家の御弟君《おんおとうときみ》、覚慶さまのお側《そば》に仕《つか》えております」

藤孝が覚慶擁立《ようりつ》の中心人物として奔走し始めると、その家族も三好の標的にされ、京都一条の細川屋敷は軍兵《ぐんぴょう》に包囲された。そのとき、熊千代を託されていた乳母の薗は命からがら逃げ出し、しばらく洛中に潜《ひそ》み隠れ、熊千代には宗八《そうはち》と名乗らせた。しかし、三好の魔手はひしひしと迫り、だからといって、細川家の居城の山城勝龍《しょうりゅう》寺城をめざすのも危うく思われた。そこへ麝香が馳《は》せつけ、情勢不安の畿内よりも、近江のほうが安全であろうと結論し、藤孝のもとをめざして京を脱してきた。

ところが、かれらが近江へ入って、野洲川沿いに和田へ向かい、もはや安全と油断したところ、突如、狗神党の襲撃を受け、警固衆《けいご》を皆殺しにされたあげく、熊千代、麝香、薗は囚《とらわ》れの身となった。

鵺のほうは、覚慶暗殺のために近江に潜入していたのだが、途次で出遇《であ》った一行が細川藤孝の家族であると知り、覚慶から最も恃《たの》みとされる者に対して絶対的な切り札を持つことは、暗殺の成功につながると思惑したのである。

先乗りの者に隠れ場所を確保させてある鵺は、麝香らを引っ立ててそこへ向かった。その途次、薗が熊千代に小水《しょうすい》をさせるふりをして逃がした。機転の利《き》く薗は、熊千代には、いったん山路を登るとみせて、川原へ下り、ひたすらお祖父《じい》さまのお城をめざすよう言い聞かせた。熊千代の母方の祖父・沼田上野介《ぬまたこうずけのすけ》の居城が、若狭国遠敷《おにゆう》郡熊川《くまがわ》にある。

鵺らが幼子をすぐに発見できなかったのも、当然、薗が熊千代に、この山路を登ってゆけば、父上のもとへ辿《たど》り着けると告げたに相違ないと思い込んだからであった。そうでないと気づいて取って返すまで、いささか時を要したのである。

むろん、それらの詳しい経緯を知るところではない平助だが、鵺が熊千代を覚慶暗殺に利用するつもりであることだけは、容易に察せられた。

「されば、麝香どの。熊千代どのは和田の大輔どののもとへ届ければよろしいのだな」

平助がそう念押ししたので、鵺が目の下の肉をぴくりとふるわせる。ことばどおりなら、平助は狗神党に熊千代を渡すつもりはないということである。それは、熊千代の母と乳母が殺害されてもかまわない、という意味ではないか。

「かたじけのう存じます」

と麝香は頭を下げる。

薗もまた、一瞬で覚悟をきめた表情をみせ、あるじに倣《なら》った。

「そこな狗神党の方々」

麝香と薗に刃を突きつける者らへ、平助が声をかける。

「それがしは、おぬしらのかしらも熊千代どのも引き渡すつもりはない。なれどおぬしらが上臈方を殺《あや》めたら、それがしも、ためらいなく鵺どのの頸を捩《ね》じ切り、そののち、おぬしら四人も必ず地獄へ送る。一片《いっぺん》の慈悲《じひ》もかけずに」

そこで、川原に転がっている三つの死体をゆっくり見渡しながら、つづける。

「たった四人では、この魔羅賀平助に敵すべくもないことは、すでに分かっておろう」

細径の二人も、巨岩の前の二人も、明らかに眼を泳がせた。

「うろたえるでない」

鵺が怒声を張りあげる。

「こやつがいま申したことは、ただの脅《おど》しじゃ。魔羅賀平助は決して女を見殺しにせぬ。敵のわっちすら殺すことはできぬわ」

鵺が兄に従って義輝本陣を襲ったとき、平助は対手が女であると分かるや、刃を寸止めにして、去《い》ね、と言ったのである。そのときの鵺は、未熟すぎて、平助の圧倒的な強さに恐れをなして逃げてしまった。

「どうする、おぬしら。いま鵺どのの申したとおりやもしれぬが、試《ため》してみるか」

平助の声にも表情にも、まったく乱れがない。鵺が殺される、と配下たちは思わざるをえなかった。

「鵺さまだけでよい。返せ」

麝香に刃をあてている者が言った。かれらは、ついに折れたのである。

「愚か者」

と鵺の怒号が響き渡る。

「上臈方の縛《いまし》めを解いて、こちらへ放《はな》ってもらおう」

平助がそう言うと、かれらは、さすがに少し躊躇《ちゅうちょ》する。

「鵺さまを解き放つのと同時だ」

「それはなるまい」

「なに」

「おぬしらを疑うわけではない。なれど、おぬしらのかしらは信用できぬ。同時に解き放てば、鵺どのは、上臈方と擦《す》れ違いざまによからぬことをしでかす」

「われらとて、おぬしを信用できぬわ」

「信じてもらうほかない」

「できぬ相談だ」

「面倒だな」

平助の声の調子が変わった。恐ろしいほどの凄味《すごみ》がある。

「おぬしらの意のままにせよ。おれも皆殺しにするほうが楽でよい」

左腕に力を込めて引き上げた。

鵺の両足が宙に浮き、首吊りのかっこうになった。

鵺が、苦しげに呻《うめ》き、もがく。

「やめろ」

「やめてくれ」

「頼む」

鵺の配下らが一斉に、手を前へ突き出し、ばたばたと振った。

「面倒だと言ったはずだ」

平助はやめない。

細径の二人が、大急ぎで、麝香と菌の縄を解き、早く行けと平助のほうへ送り出した。

麝香と菌は平助のもとへ走り寄る。

それを見て、丹楓がようやく熊千代を口から放した。

「和子《わこ》さま」

菌が熊千代を抱きしめる。和子は、身分高い人の子である男児への呼びかけである。坊ちゃんというほどの意だ。

「魔羅賀どの。ありがとう存じます」

麝香のほうは、礼を述べたが、平助の左肩を染める血を見るや、鵺の腰から刀を引き抜き、切っ先を細径の二人へ向けた。まだ危険は去っていないので、少しでも平助の力になろうというのであろう。

「そのほうら、腰のものを川へ捨てなされ」

細径の二人だけでなく、巨岩の前の二人にも、麝香は命じた。

もはや人質をもたぬ側は、言われたとおりにするしかない。狗神党の四人は、汀《みぎわ》まで進んで、いずれも川へ差料を投げ捨てた。

(よき女人を娶《めと》られた……)

藤孝のために喜ぶ平助であった。

さらに麝香は、四人を細径の奥まで退《さ》がらせる。

「行き届いた致《いた》し様《よう》、かたじけないことにござった」

平助は、麝香に感謝してから、鵺を解放した。

「やはり女を殺せぬではないか、魔羅賀平助。これが命取りになったことを、いずれ思い知らせてやる」

喉頸《のどくび》を押さえながらも毒づく鵺に、平助ではなく、麝香が応じた。

「悲しい女子にございますな、天下一の好男子のやさしさを素直に受けられぬとは」

「なんじゃと」

「そのほう、鵺と申したか。しかと憶《おぼ》えておく。ことわっておくが、わたくしは女子を殺すのは平気じゃ」

と麝香は鵺の頬《ほお》に刃をあててみせた。

「くっ……」

怒りと口惜《くちお》しさに唇を嚙《か》みしめた鵺は、麝香と平助に憎悪の一瞥をくれてから、配下たちのもとへ戻ると、いきなり四人を殴りつけておいて、先に憤然と細径を登っていった。四人も急いでつづく。

「大輔どのはあまりに過分の褒詞《ほうし》を口にされた。顔から火が出る」

平助は照れた。

麝香が鵺に言い放った、天下一の好男子という一言は、良人の細川藤孝からの受け売りに違いないのである。

なぜか麝香が、艶然《えんぜん》と微笑んだ。平助をどきりとさせるほど美しい。

「魔羅賀平助は天下一の好男子。わたくしの思いにございます」

「麝香どのの思い……」

意味を解《げ》しかねて小首を傾《かし》げた平助の表情がおかしかったものか、こんどは麝香は、くすりと笑う。

「弾《たま》を取り出さねばなりませぬな」

平助の左肩に手をあて、血まみれの傷口を平然と検《あらた》める麝香であった。

三

平助は、見るからに築材が新しく、木の香《か》も強く匂う板敷《いたじき》の広間に、上座《かみざ》の置畳《おきだたみ》を前にして、ひとり端座《たんざ》している。

和田惟政が覚慶のために建てた屋敷の会所《かいしょ》である。早くも公方《くぼう》屋敷とよばれているそうな。

戸が開け放たれているので、広縁《ひろえん》の向こうには、庭と、すっかり紅葉した山が見える。広縁の敷居際《しきいぎわ》には武士が二人、控える。

平助の膝前《ひざまえ》に、拵《こしら》え全体が革包《かわづつ》みという太刀が置かれている。

鬼丸国綱《おにまるくにつな》。

鎌倉時代、北条時政《ほうじょうときまさ》が夜毎《よごと》夢に現れる悪鬼を斬り払ったという伝説をもつ。この太刀を将軍家へ届けるために、和田をめざしていた。

足利将軍家重代《じゅうだい》の宝刀の中でも別格といわれる鬼丸国綱を、義輝弑逆の直後、将軍御所より持ち出した松永久秀が、これを出雲《いずも》の尼子《あまご》氏の隠し銀を奪取する悪計に利用すべく、謀臣を遣《つか》わし、将軍家の下賜《かし》と偽《いつわ》って尼子義久《よしひさ》に渡した。それを知った平助は、尼子の本拠の月山富田《がっさんとだ》城へ赴《おもむ》いて久秀の謀略を暴いてみせ、義久に鬼丸国綱を返させた。

義輝の死により、いま将軍は存在しないため、鬼丸国綱をどこへ届けるのが正しいのか判然としないが、風来坊《ふうらいぼう》の平助がいつまでも手許に留めおいてよいものではない。細川藤孝ら義輝の遺臣に擁立され、次期将軍としての筋目《すじめ》も正しい覚慶に返上するのが穏当《おんとう》、と平助は判断したのであった。

さきほど別棟で再会を済ませた藤孝は、平助の来訪と鬼丸国綱奪還と妻子の命を救ってくれたことを、涙を流さんばかりに喜び、と同時に、ただちに金創医《きんそうい》を呼び寄せて平助の鉄炮《てっぽう》傷の治療にあたらせた。

もっとも、鉄炮傷については、金創医も傷口に真新しい白布をあてるぐらいしか、やることはなかった。というのも、左肩に食い込んだ銃弾は、狗神党と闘った川原で、麝香が傷口に指を突っ込んで取り出してくれたからである。平助の強靱《きょうじん》な肉体が銃弾を浅いところで止めたのも幸いした。麝香は、起こした火で、傷口を殺菌し、血止めすることも忘れなかった。乱世の武人の妻とはいえ、天晴《あっぱ》れというべきであろう。

藤孝は、平助が大事ないことを金創医にたしかめると、兵を率いて出ていった。麝香が耳にした鶫らの会話から、狗神党がこのあたりのどこかに隠れ場所を設けたことは明らかなので、その探索に向かったのである。平助との一件で、狗神党も覚慶暗殺計画は露見《ろけん》したとみて、隠れ場所を引き払ったに違いないが、万一を危惧《きぐ》してのことであった。

その直後、覚慶の取次《とりつぎ》の者がやってきた。子細《しさい》は藤孝から聞いたので、覚慶みずから平助を引見《いんけん》したいという。平助自身も、藤孝より、鬼丸国綱を直《じか》に覚慶へ届けるべきだと強く勧《すす》められていたから、お召しに応じ、こうして会所にやってきた次第である。

ところが、覚慶はなかなか姿を見せない。晩秋の陽《ひ》が、山の端にかかりはじめている。すぐに昏《くら》くなるであろう。

覚慶の近習《きんじゅ》と思われる前髪立ちの若者がひとり、手燭《てしょく》を携えて入ってきて、広間内に置かれた数本の燭台に火を灯《とも》した。

（蠟燭《ろうそく》とは……）

いまだ越前《えちぜん》の朝倉義景《あさくらよしかげ》ぐらいしか、さしたる支援者を得ていないであろう覚慶が、流寓《りゅうぐう》先で蠟燭を使うなど、贅沢《ぜいたく》すぎる。

京を逐《お》われた将軍家に従って各地を転々とし、経済的窮乏の中で、神社の灯明《とうみょう》の油を盗んでまで義輝に読書をさせたという経験をもつ藤孝なら、たとえ覚慶が望んでもこういう贅沢は禁《いまし》めるはず。おそらく、藤孝以外の側近たちが甘やかしていると思われた。

平助は、床に両拳《りょうこぶし》をつき、頭を下げた。一団の足音が近寄ってきたからである。見なくとも、広間へ入ってくる気配で、二十人ばかりと察せられた。

戸が閉《た》てられ、かれらがそれぞれ着座したところで、平助は声をかけられた。

「魔羅賀平助。おもてをあげよ」

背筋を伸ばすと、正面の置畳の上に、法体《ほったい》の人が座を占めていた。法体といっても、髪を生やしている。

還俗《げんぞく》に向けて、頭髪を伸ばしているのであろう。この人が覚慶に違いない。

(兄弟とは思えないな……)

意外の感を抱く平助であった。

足利義輝は、武人として類稀《たぐいまれ》な強さを持ちながら、そういう恐ろしさを微塵《みじん》も感じさせず、むしろ、明るい風貌と、ゆったりとして温かい佇《たたず》まいで、男も女も魅了してしまう人であった。

目の前の覚慶は、ひ弱な感じはしないものの、知の勝った顔だちで、肚裡《とり》に何かを蔵《かく》して見せようとしない人間という印象なのである。

それでも、まったく似もつかぬかというと、そうとも言えない。父母を同じくするのだから、当然ではあるが。

ただ、平助に呼びかけたのは、この覚慶ではない。

左右の列座の衆とは一線を画し、ひとり、置畳の左斜め前に座す者。

（一色藤長《いっしきふじなが》どの……）

平助が義輝に陣借りしたころ、細川藤孝と同じく将軍の近侍者であったから、よく記憶に留めている。いま、ひとりだけ、覚慶の文字通り股肱《ここう》というべき座を与えられているところをみると、信頼は絶大と思われる。藤孝とともに覚慶の奈良脱出成功の立役者として、その地位を得たものであろう。

「それなる太刀が鬼丸国綱と申すか」

藤長が平助へ、高圧的に言った。

「さようにござる」

平助はべつに腹を立てない。

（以前とお変わりないようだ）

一色氏は、足利氏の支族で、足利尊氏《たかうじ》に九州経営を一任された範氏《のりうじ》の代から常に将軍家と繋《つな》がりが深く、幕府四職《ししき》もつとめる名家である。その出自《しゅつじ》に、藤長は強い誇りをもつ。無位無官の陣借り者にすぎないのに、義輝より友のように遇《ぐう》された平助は、そういう藤長の恨《うら》みをかった。戦陣で藤長の家臣に襲われ、敵と見誤ったと言い訳されたこともある。しかし、身分や家柄や格式を第一とする者は世の中に掃いて捨てるほどいることを、廻国旅を日常とする平助はよく知っている。だから、藤長をいやなやつだとも思わない。

「まずは本物や否《いな》や、とくと検める」

一色式部少輔《しきぶしょうゆう》藤長がそう言うと、

「待たれよ、式部少どの」

列座の上席から異議が唱えられた。

「その儀《ぎ》は必要なしと、細川大輔どのがさきほどのご出陣前に言われたはず」

この者の顔に、平助は、義輝の輔佐《ほさ》であった上野信孝《うえののぶたか》の俤《おもかげ》を見た。

（お子かもしれないな）

平助の想像通り、すでに亡くなった上野信孝の子で、上野清信《きよのぶ》という者である。官は中務少輔《なかつかさ》。

「魔羅賀平助が命懸《いのちが》けで尼子より取り戻し、御曹司《おんぞうし》のお手許にと、遠路はるばる届けてまいった鬼丸国綱。贋作《がんさく》を届けて、魔羅賀に何の益《えき》があると言われる」

御曹司とは覚慶をさす。

「中務少、鬼丸国綱は天下一の名刀ぞ。検めるのは当然ではないか」

「天下と申すなら、魔羅賀平助も天下に隠れなき武人。その信と義を疑われるか」

「この者は武人にあらず。素生《すじょう》の怪しき一介《いっかい》の陣借り者ではないか」

ふん、と藤長は鼻で嗤《わら》った。

「光源院《こうげんいん》さまお手ずから秘蔵の名刀志津三郎を授けられ、百万石に値すると仰せられたほどの魔羅賀平助が、武人でないのなら、われらは申すに及ばず、この日《ひ》の本《もと》に武人は一人《いちにん》とて存せぬ」

亡き義輝の法号が、光源院である。

「受け売りか、中務少。おぬしと昵懇《じっこん》の細川大輔が口にしそうなことだ」

「なんと言われた」

清信が気色《けしき》ばみ、険悪になりかけたそのとき、

「それがしは、一向《いっこう》に構い申さず。真贋のお検めを」

と平助が言った。

「よいのか、魔羅賀」

清信がちょっと驚く。信義を疑われた平助の屈辱を思いやってくれたのであろうか。

「どうぞ」

平助が穏やかにうなずくと、藤長は早くも列座のひとりに声をかけた。

「本阿弥光二《ほんあみこうじ》、これへ」

応じて、進み出てきたのは、刀剣の磨研《とぎ》・浄拭《ぬぐい》・鑑定《めきき》を家業《かぎょう》とする本阿弥家の光二である。畿内の戦乱を避《さ》けて、しばらくは駿河《するが》の今川義元《いまがわよしもと》のもとに寄食《きしょく》していたが、義元が織田信長《おだのぶなが》に討たれたあと帰洛《きらく》し、以後ふたたび将軍家の御用をつとめている。

光二は、藤長の許しを得て、自分の近くに燭台を三本集めてもらうと、

「御免《ごめん》」

平助の膝前から、恭《うやうや》しく太刀を取り上げ、作法に則《のっと》って注意深く抜いた。

見る者を一瞬で惹《ひ》きつける堂々たる刀身が火明《ほあ》かりに晒された。それを真っ直ぐに立てて、全体の反《そ》りや踏ん張りを観察する。次いで、刃を下にして刀身を横にし、物打《ものうち》の反りを見た。

それから光二は、燭台へさらに寄って、刀身を火光に透《す》かす。刀工の特徴や欠点の現れやすい刃文《はもん》を細かく検めるのである。焼出《やきだし》も光に透かすと分かりやすい。

こんどは、刀身を手許へ引き寄せ、拭紙《ぬぐいがみ》をあてがい、地鉄《じがね》や鍛《きたえ》を観ずる。

最後に、茎《なかご》の検めである。光二は、刀身をいったん鞘に収めてから、用意の道具で目釘《めくぎ》を抜いた。

そして、再度、太刀を抜き、同じく作法通りに柄を外す。

これらの一連の所作《しょさ》に、まったく淀《よど》みがない。さすが鑑定の大家《たいか》、本阿弥光二というべきであった。

現れた茎の銘《めい》は、太鏨《ふとたがね》で「国綱」の二字。

鎺元《はばきもと》に見られる腰刃《こしば》とよばれる大きな刃文も国綱の見所《みどころ》といえる。

光二が、ちらりと平助を見た。

その表情が微かに変化したのを、平助は訝《いぶか》った。

鑑定中は曇《くも》りのなかった光二の眼が、平助を一瞥した一瞬だけ濁《にご》ったのである。そこには、何か言いがたきことが揺曳《ようえい》したように思えた。

本阿弥光二は断言した。

「贋作にござる」

四

もとより平助は、尼子義久より、将軍家へ戻してくれと鬼丸国綱を託されたあと、みずから検めている。刀剣の鑑定については、若狭小浜《おばま》の刀鍛冶《かたなかじ》冬広《ふゆひろ》の手ほどきをうけ、大いなる自信を持つ。贋作であるはずがなかった。

「魔羅賀、そのほう……」

真っ先に眉を顰《ひそ》めたのは、上野清信である。せっかく味方をしてやったのに裏切られたという顔つきであった。

鑑定前の藤長への反駁《はんばく》は、指摘されたように、おそらく細川藤孝の受け売りというだけにすぎず、清信の本心からのものではなかったに違いない。

「やはり、素生の卑《いや》しき陣借り者よ。尼子より鬼丸国綱を取り戻したなどと偽って、贋作を持ち込み、畏《おそ》れ多くも将軍家を騙し奉《たてまつ》ろうとは」

と藤長がきめつけた。

「望みは仕官《しかん》か銭《ぜに》か。それとも、そのほうこそ、三好に傭《やと》われた御曹司への刺客《しかく》か」

藤長のあきれた言い分だが、置畳の人は、びくっとして腰を引いた。控えていた小姓たちがすぐに覚慶の前と左右へ身を移す。

目の前の巨軀が自分への刺客だと言われたのだから、無理からぬとはいえ、覚慶はとても武門の棟梁《とうりよう》をめざす器量ではない、と平助は感じた。

ふと見れば本阿弥光二が、みずから贋作と断じたはずの太刀を、鞘に収めて大事そうに胸に抱え、うつむき加減に広間を出ていこうとしているではないか。

「本阿弥どの」

平助は呼びとめた。

「のっぴきならぬ子細がおありなのだろう。同情いたす」

余のことは言わない。それだけである。

光二は、開けた戸をそのままに、振り返りもせず、足早に出ていった。後ろめたさが、背中にありありと出ている。

流れ込む風が、蠟燭の火を揺らす。

光二と入れ替わるように、庭へ松明《たいまつ》を掲げた武装の一隊が入ってきた。

(用意のいいことだ……)

藤長が最初からそのつもりであったことは、もはや明白である。

身分を超えて義輝に親しくされた自分を、藤長はここまで憎んでいたのであろうか。それとも、まったく別の理由なのか。

いずれにせよ、問い糺《ただ》したところで、この理不尽な言いがかりの理由を、藤長が正直に明かすはずはあるまい。

「魔羅賀平助、あとで厳しく詮議《せんぎ》いたす。そのほうが武人であると自負いたすのなら、悪事露見の上は、潔《いさぎよ》く捕縛されることだ」

藤長が正義面《づら》をして宣告した。

平助は、武器を持っていない。別棟で取次の者の来訪をうけたとき、御曹司の御前に刀鎗《とうそう》を携えてはならぬと告げられた。

だが、素手《すで》でも闘えるのが陣借り平助である。

「お手向《てむ》かいいたす」

すっく、と平助は立った。

それだけで、列座の人々は、恐れてあとずさる。

「丹楓とやら名付けたあの馬は、そのほうの命も同然ではないのか」

藤長の口許に笑みが刻《きざ》まれた。

「それがしが手向かえば、丹楓を殺すと……」

「申すまでもない」

「是非もないことにござるな」

観念したように、平助は力を抜くと、

「後ろ手がよろしいか」

みずからの両腕を後ろへ回してみせた。

「縄をうて」

藤長が庭の者らへ命じると、鎧《よろい》武者が足軽二人を従えて上がってくる。

平助の正面に鎧武者が立ち、背後へは縄を持って足軽たちが回り込んだ。

「おこと、陣刀を腰に深く差しすぎだな」

と平助に指摘され、反射的にうろたえた鎧武者は、たしかめようと、急いでおのれの左腰へ視線を落とした。

この鎧武者が刀の差し具合の深浅ぐらいのことでひどくうろたえたのは、それを指摘した対手が天下に名高い陣借り平助ゆえであったろう。

刹那《せつな》、平助は踏み込み、武者の陣刀を引き抜きざま、肩をぶつけて、その躰を置畳のほうへ突き飛ばした。

覚慶の前を守っていた二人の小姓が、避《よ》けきれず、武者と折り重なって倒れてしまう。

平助は、難なく、覚慶を捕《と》らえて盾《たて》とすることに成功した。

「……」

頬に刃をあてられた覚慶は、恐怖のあまり、おもてをひきつらせるばかりで、声も出ない。

「やめよ、魔羅賀。早まるでない」

よもやの形勢逆転であるだけに、藤長も狼狽《ろうばい》する。なにものにも代えられない珠玉を人質にとられたのだから、なおさらであった。

「そうじゃ、魔羅賀。御曹司を放せ。その御方《おかた》は、そのほうが大恩をうけた足利義輝公の御弟君にあられるのだぞ」

と上野清信が前へ出てくる。

「どなたも、そのままに」

平助の大音《だいおん》は、物の具を鳴らしながら庭から上がってこようとする兵たちの動きも、ぴたりと制してしまった。それほどの威《い》がある。

それでも、小姓のひとりが、平助へ斬りつけた。蛮勇《ばんゆう》というべきである。

平助は、たやすく刀背《みね》打《う》ちで払った。

強《したた》かに打たれたその小姓は、吹っ飛んで、戸へぶちあたり、戸と一緒に広縁へ倒れ、自身は庭へ転がり落ちてしまう。

他の小姓衆は、竦んだ。平助の剣の動きが迅《はや》すぎて見えなかったからである。

「おぬしらの未熟な剣では主君を傷つけよう。それでもかまわぬのなら、斬りかかってまいれ。それがしも、次は刀背でなく、刃を使う」

平助と小姓衆ではすべてに差がありすぎることは、誰の目にも明らかであった。

「そのほうら、刀をひけ」

清信から命じられた小姓衆は、どこかほっとした顔で従った。とても勝てる対手ではないとかれらも自覚したのである。

「本阿弥光二どのを呼び戻していただこう」

平助が藤長に要《もと》める。

「呼び戻してなんとする」

「問答するつもりはござらぬ」

平助は、切っ先を、覚慶の喉頸へ突きつけた。

「待て。分かった。すぐに呼び戻す」

藤長が庭の者らに、急ぎ光二を連れてくるよう命じたとき、にわかに、馬沓が地を踏む音がして、急速にそれは大きくなり、待つほどもなく、実体が庭へ躍り込んできた。

兵たちが、恐れて、わあっと後退する。

平助はちょっと眼《まなこ》を剝《む》いた。

丹楓である。その裸の背には、麝香と熊千代が跨《また》がっているではないか。

「熊千代がどうしても、いまいちど丹楓に乗りたい、乗らないうちは床《とこ》に就《つ》かぬと駄《だ》々《だ》をこねましてございます」

手綱《たづな》をとる麝香が平助に微笑みかけた。

「幼いのに、熊千代どのは馬を鑑《み》る目がおありのようだ。丹楓も嬉《うれ》しかろう」

平助のことばどおり、嬉しそうに平頭を上下させる丹楓であった。

普段なら女人など絶対に乗せない丹楓だが、熊千代との相乗《あいの》りだから、それを許したのだと察せられた。

麝香のこの突拍子もない行動の理由も、平助にはほぼ想像がつく。平助の身が危ういことをどうかして知り、助けにきたのであろう。

実は、疲れて眠っていたはずの熊千代が、その寝間《ねま》から乳母の薗がちょっと座を外した間に、起き出して、ひとり、厩《うまや》へ行った。うろたえた薗から熊千代がいないと聞かされても、麝香は慌てず、あの子は丹楓に触りたくなったに相違ないとみて、やはり厩へ向かった。そこでは、足軽たちが無理やり丹楓の四肢《しし》を縛りつけようとしていた。それで平助の危機を察した麝香は、覚慶の側近たる細川兵部大輔の妻という立場で故意に権高に振る舞い、足軽たちを黙らせ、丹楓を厩から曳《ひ》き出したのであった。

「いかに細川大輔の室とはいえ、御曹司の御前でなんたる無礼の振る舞いか」

と激昂《げっこう》する藤長をすら、麝香は恐れるようすがない。

「されば、わが良人が戻り次第、伝えましょう。妻が無礼を働いた上は、良人も御曹司のお側に仕えることは叶《かな》わじ。御曹司のためのご奔走もこれまで、と」

「なに……」

これには、藤長だけではなく、広間内の覚慶の御供衆が一様に不安をおもてに表す。

覚慶の新将軍就任へ向けて、細川藤孝の存在の大きさは測《はか》り知れない。御供衆の中で随一の武芸達者であるばかりか、あらゆる学術芸能に通じて、公家《くげ》や商人、諸国の武将のみならず、多方面の実力者と繫がりをもつ。さらに、その出自を辿れば、十二代将軍義晴の落胤《らくいん》なのである。幼少時に細川家へ養子に出されなかったら、いまの覚慶の座を占めていたところで、いささかもおかしくないのが藤孝という人物であった。

その藤孝に見限られては、覚慶が将軍になるなど、金輪際《こんりんざい》ありえまい。

（なんと痛快なご妻女か）

危急の場にもかかわらず、気分が明るくなる平助であった。

そこへ、兵が呼び戻しにいかずとも、本阿弥光二もみずから駆け込んできた。手に贋作と断定した鬼丸国綱を持っている。

「この太刀は、贋作などではない。正真正銘の鬼丸国綱である」

ほとんど叫ぶように、光二は宣《せん》した。

「光二。そのほう、自分が何を申したか、分かっておるのか」

藤長が怒号をぶつける。

「式部少輔どの。わたしは、刀剣の鑑定に生きる者。この生業《なりわい》で二度と嘘《うそ》はつきとうない。本阿弥家の名誉にかけて、これこそ天下の名刀鬼丸国綱にござる」

実は光二は、以前に一度、鑑定においてみずから望んで、偽りを口にしたことがあった。光二を厚遇してくれた今川義元が桶狭間《おけはざま》で織田信長に討たれたときである。

当時の義元の佩刀《はいとう》は、相州正宗《そうしゅうまさむね》の弟子といわれる筑前博多《ちくぜんはかた》の名工、左衛門三郎《さえもんさぶろう》の作刀であった。通称を左文字《さもんじ》という。

三好長慶と一族の覇権を争って討たれた三好宗三《そうさん》が最初に愛刀としたことから、

後々《のちのち》まで三好左文字とよばれた太刀である。宗三はこれを甲斐《かい》の武田信玄《たけだしんげん》の父信虎《のぶとら》に贈った。次いで信虎が、長女を義元へ輿入《こしい》れさせるさい、引出物《ひきでもの》として持参させたのである。華やかな来歴というべきであろう。

信長は、三好左文字を手に入れると、今川の家臣らの生き身で幾度も試し斬りをし、その斬れ味の鋭さに満足したものの、念のため光二を呼びつけ、真贋の鑑定をさせた。

義元から受けた恩と、信長の無惨な致し様が、決して犯してはならぬ家業の掟を光二に忘れさせた。三好左文字ではないと嘘をついたのである。

ところが信長から、これはたしかに三好左文字であるのだな、と念押しされた。それは、贋作でも本物と認めよという意なのか、あるいは、光二の嘘を見抜いたのか、いずれとも推量しかねた。その信長の恐ろしいまでの眼光に、光二は屈して、前言を翻《ひるがえ》し、三好左文字であると認めたのであった。

信長は、刀身を磨上《すりあ》げて詰め、茎に「永禄三年五月十九日義元討捕刻彼所持刀織田尾張守信長」と金象嵌《きんぞうがん》で銘を入れ、いまも普段の佩用《はいよう》にしている。

鑑定家としてみずからを汚辱《おじょく》に塗《まみ》れさせたこの出来事を、誰にも明かさなかった光二なのだが、なぜか一色藤長の知るところとなっていた。そして、信長とのやりとりを公表されたくなければ、平助が持参するはずの鬼丸国綱を贋作と断定せよ、と藤長に強要され、またしても屈した。だが、なんと魔羅賀平助は恨み言ひとつ口にせず、のっぴきならぬ子細がおありなのだろう、と気遣《きづか》ってくれた。それで光二は気づいた。自分はこういう本物の武人のためにこそ命懸けで鑑定をするのだ、と。

もとより、光二の不審な言動が、こうした経緯から生まれたことは、藤長のほかに知る者もいない。だが、誰でもたしかに察せられるのは、藤長から何らかの理由で脅迫された光二が心ならずも平助を陥《おとしい》れた、という構図であった。

上野清信ら広間の御供衆から藤長へ注がれる視線が、いまや疑惑と警戒の色に盈《み》ちているのは、その証左《しょうさ》である。

「魔羅賀どの。わたしは……」

さらに何か言いかけた光二へ、

「ご無用」

と平助は微笑を返した。

「おぬしら、わしを責めるのか」

御供衆の視線に堪《た》えかねたか、藤長が逆にかれらを睨《にら》み返した。

「何も知らぬくせに、わしを責めるのか」

「われらが何も存ぜぬとは、いかなることにござろう」

清信が問い返す。

「こやつを……魔羅賀平助を引き渡せば、今後、松永弾正《だんじょう》はわれらの障《さわ》りとならぬ」

「松永弾正と言われたのか」

清信ばかりか、御供衆の一同、眼を剝いた。

松永弾正少弼《しょうひつ》久秀は、三好三人衆とは袂《たもと》を分かったが、覚慶にとって敵であることに変わりはない。しかも、義輝弑逆の首謀者のひとりである。その弾正と藤長は取引したということなのか。

「そうだ」

藤長は認めた。

「なんということを……」

「かようなことを、わしが望んでいたすと思うのか。われらの無力を思え。光源院さまが非業《ひごう》の最期《さいご》を遂げられたのも、幕府が有名無実で、将軍家は直属の大いなる軍を持たぬからではないか。力なきわれらが御曹司の将軍職ご就任と幕府再興《さいこう》を成すためには、時と場合によっては、たとえ対手が憎き敵であっても、正邪、好悪《こうお》を押し殺し、手を結ぶこともせねばならぬのだ」

誘いは、久秀のほうからであった。

五日ばかり前に、久秀の密使《みっし》が藤長を訪ねてきて、あるものと引き替えに、今後、松永方は決して覚慶一派の動きに関知しないという。

あるものというのが、魔羅賀平助であった。幾日か後には、平助が鬼丸国綱を携えて必ず和田を訪れるので、そのとき引っ捕らえて、身柄を久秀の領国《りょうごく》の大和《やまと》まで運んでもらいたい、と。

久秀が平助に永《なが》く恨みを含むことは、藤長も知っている。京都白川口《しらかわぐち》の合戦で、久秀は顔面に平助の刃を浴びた。

だが、藤長も無知ではない。久秀の本音は、覚慶から手を引くというより、いまは三好三人衆との対立がますます激しく、余事に向ける力がない。そういうことであると思われた。

ただ、松永久秀という男は、転んでもただでは起きない。なんであれ、おのれへ利益をもたらすとみられることを見つけて、手をうっておく。覚慶にとって目下《もっか》の最大の敵は、三人衆と久秀だから、その一方からでも圧迫を受けずに済むようになるのであれば、覚慶一派の心的負担はよほど軽減される。それを充分に知る久秀の、恩の押し売りみたいなものであった。そのうえで、憎き平助まで捕らえることができるのなら、久秀にとって一石二鳥であろう。

また、いずれ情勢に何か劇的変化が起こったときに備え、覚慶の側近である一色藤長と繋がっておくことも、久秀には決して損ではあるまい。臆面《おくめん》のなさでは人後《じんご》に落ちないから、足利義親を担ぐ三人衆との戦いが長期化したり、劣勢に陥《おちい》ったりすれば、一転して、覚慶擁立に動くことすら考えられる。

それでも藤長は、久秀の申し出を受けるほうがよいと思い決した。いまの久秀には余力がないといっても、申し出を断れば、何をされるか知れたものではない。主君長慶の弟冬康《ふゆやす》と、嫡男義興《ちゃくなんよしおき》の死が、どちらもその毒殺によると噂されたような男なのである。たとえ一時的にせよ、その久秀だけでも手を引いてくれれば、覚慶の将軍職就任に向けた藤長らの工作もやりやすくなる。

「素生も卑しき一介の陣借り者を差し出すだけで、御曹司を弾正の汚き手に触れさせずに済むのだ。方々《かたがた》なら、いかがいたした」

御供衆に対する藤長のこの問いかけは、居直りとばかりもいえなかった。実力ある者に頼るほか、命脈《めいみゃく》を保つ術を持たぬ足利将軍家の家臣の悲痛の叫びともいえよう。

清信ら御供衆の表情にも迷いの色が見え隠れし始めた。

(大輔どのは虚《うつろ》な夢を追うことになりそうだな……)

平助は、細川藤孝の今後を思い遣《や》って、心中で溜《た》め息《いき》をついた。

覚慶とこの家臣どもでは、将軍職就任と幕府再興が成ったとしても、それはおそらく、どこかの実力者の傀儡にすぎず、いいように利用された挙げ句に捨てられるだけであろう。

それなら、いっそのこと、ここで皆殺しにしてやろうか、と平助は思った。

「本阿弥どの。鬼丸国綱をそれがしに」

光二が庭から上がってくる。

天下の名刀を左手に受け取った平助は、右手の刀を置畳へ突き刺すやいなや、鬼丸国綱を鞘走らせ、物打を覚慶の頭上へ降らせた。

誰もが、息を呑んだ。

覚慶は、寸止めされた刃を上目《うわめ》でちらりと見てから、その場に腰砕けとなり、気絶した。

平助は、御供衆へ振り向き、跳躍した。

広間内に風が吹いた。

藤長を除くひとりひとりが、一瞬だけ、目の前を平助に掠められたと気づいたのみである。

かれらの袴が、次々とそれぞれの足許へ落ちてゆく。紐を両断されたのである。

「義輝公ご最期のみぎりにふるわれた太刀、鬼丸国綱がお手前《てまえ》らの心の鬼を斬り捨てた。それがいかなる鬼であったか、お分かりになるようなら、いささかの救いになり申そう」

刀身を鞘に収めるさいごに、平助が鐔鳴《つばな》りをさせると、御供衆の下帯もはらりと床へ落ちた。

かれらは、慌てて、下帯と袴を搔《か》き集め、躰をくの字に折って、露《あら》わになっているところを隠した。立ち竦んだまま動けぬ者や、逆に腰を抜かして立てぬ者や、剝き出しのまま気絶している者もいる。失禁《しっきん》者を出さなかっただけでも、御供衆の面目を保ったというべきか。

「一色どのには見送っていただこう。それが、将軍家重代の宝刀を取り戻し、遠路を届けにまいった者への礼儀にござる」

平助は、本阿弥光二の手に鬼丸国綱を戻しておいて、藤長になかば命じた。

無手となった平助に、しかし、斬りつけようとする者はひとりもいない。いまの平助は、静かな佇まいなのに、その肚《はら》の底からの怒りを、誰もが感じているからであった。斬りかかれば、こんどは容赦してもらえない。

それは藤長も感じている。ごくりと生唾《なまつば》を呑み、ふるえながらうなずき返した。

藤長につづいて庭へ下りた平助は、丹楓の背の熊千代へ微笑みかける。

「熊千代どの、それがしが口取をいたす。門まで乗っておられよ」

「たいぎ、へいすけ」

と熊千代は小さな胸を反らせた。覚慶よりよほど威厳がある。この子は、長じて細川忠興《ただおき》と名乗ることになる。のちに江戸幕末まで存続する肥後《ひご》熊本藩五十四万石、その礎《いしずえ》を築いた名将である。

熊千代を後ろから抱いている麝香が、くすりと笑う。

五

ふるえる藤長の案内で、公方屋敷の門前へ出た平助は、麝香に命じられて平助の荷物一切《いっさい》を持ってきた細川家の家士より、それらを受け取った。

周囲で兵たちが松明を掲げている。

熊千代の乳母の薗も見送りに出てきた。

「魔羅賀さま、夜の山路は危のうございます」

「薗、大事ありませぬ。この御方は天下一の武人にあられる。それに、月も出ておるゆえ」

麝香の天下一の一言で、平助は気になっていたことを思い出した。野洲川の川原で、麝香は、平助を天下一の好男子と称《たた》え、それはわたくしの思いと言った。深い意味がありそうではないか。

「麝香どの、ひとつ訊《き》きたかったのだが……」

平助が肝心のことを言う前に、人馬の近づく気配がした。殺気は伝わらぬ。

現れたのは、数人の旅装の武家の一行である。

「なんと魔羅賀平助どのではござらぬか」

嬉しそうに言いながら火明かりの中へ入ってきた武士を、平助も忘れるものではない。

「明智十兵衛《あけちじゅうべえ》どの」

「小浜湊で一別来《いちべつらい》にござるな」

「さよう」

「熙子《ひろこ》はいまも再会を願っており申す」

明智十兵衛光秀《みつひで》の妻熙子の命を、平助は救ったのである。ただ、そのさい、熙子から望まれたとはいえ、十兵衛には決して明かせぬこともした。

「明智どのは……」

と藤長がおそるおそる口を挟《はさ》んだ。

「魔羅賀平助をご存じなのか」

「一色どのか。いかにも、魔羅賀どのを存じておる。と申すより、わたしのめざすべき武人なのだ」

藤長が十兵衛に対して、いささか諂《へつら》うようなようすであるのは、覚慶の最大の支援者、越前守護《しゅご》朝倉義景の使者だからである。覚慶の奈良脱出も、義景の三好・松永に対する牽制《けんせい》がなければ実現しなかった。

「鉄炮だ」

突然、平助が大音を発して、藤長に躍りかかった。ほとんど同時に、銃声が夜気《やき》をふるわせている。

地へ転がった平助と藤長の近くで、ぱっと小さな土埃《つちぼこり》が舞った。着弾したのである。

「一色どのを狙《ねろ》うた弾《たま》にござる」

平助が言った。

「狗神党がわしを……」

「思い違いなさるな。狗神党が狙うは覚慶どのただご一人《いちにん》。松永弾正の手の者に相違なし」

「なに……」

藤長は蒼《あお》ざめる。

「おそらく弾正は、それがしの一件で、一色どのの首尾《しゅび》をたしかめるべく、見張りを遣わしておいたのでござろう。一色どのはしくじりを犯したか、裏切ったか、いずれかにみなされたと思われよ」

「わしはどうすればよい」

「二度と弾正の言いなりにならず、将軍家御供衆の心意気をお示しになられよ。力でかなわなければ、心で勝つのでござる」

「魔羅賀、わしは何もかも誤っていた。赦《ゆる》してくれ」

「中へ」

と平助は、藤長を守って、門内へ駆け込んだ。

十兵衛や麝香ら、他の人々も、急ぎ身を移している。

平助は銃弾の出所とみられる方向を、眺《なが》めやった。夜のことで何も見えぬが、気配の有無を感じることはできる。

（早々に去ったようだな、鵺どの）

銃弾は鵺が平助を狙ったもの。それと気づいていながら、久秀が藤長を殺そうとしたことにすり替えたのは、平助の機転である。藤長が迷いや怯えをみずから捨てられるように。

山路の上方に灯火が点々と現れた。和田の一帯を探索していた細川藤孝が戻ってくるところであろう。

平助は、麝香に声をかけた。

「お暇《いとま》仕《つかまつ》る」

「あれはわが良人。すぐにこれへ参りましょう。せめて、それまでお待ち下され」

「いや、大輔どのに会えば、引き止められる。やはり、これにて」

「またお風《かぜ》さまとなって去ってゆかれるのでございますな」

ふっ、と切なそうに笑う麝香である。

（お風さま……）

麝香はおかしくもあり、可愛らしくもある言いかたをする、と平助は思った。

もともと名が、麝香、というのも変わっている。父親の沼田上野介はよく知られた文人でもあるそうだから、他の武家女とは何かが異なるのかもしれない。

「御免」

十兵衛にも別辞を告げ、平助は、丹楓を曳いて、公方屋敷をあとにした。

山路を下り始めてしばらくして、あっ、と思った。ある記憶が蘇《よみがえ》ったのである。

平助が足利義輝に陣借りすべく、京へ赴き、洛中の大路《おおじ》を急いでいたときのこと、暴《あば》れ牛《うし》の群れに遭遇した。

京には車《くるま》、といわれるくらい、牛が荷車を曳く光景は洛中洛外のいたるところにみられる。生来おとなしい性質の牛だが、稀に何かの拍子で暴れることがある。平助が遭遇したのは、一頭の暴走が他の牛の昂奮《こうふん》を誘発して、もはや収拾がつかず、人々が逃げ惑っているところであった。

その危険きわまる状況で、大路の真ん中にひとりぽつんと取り残され、竦みあがっている少女がいた。泣いてはおらず、恐怖を必死で怺えているようすであった。

平助は、暴走牛の間を縫《ぬ》って、そこまで馳せつけるや、少女を背負い、牛の背から背へと飛び移りながら、安全な場所へ逃れ出た。まるで義経《よしつね》の八艘飛《はっそうと》びのようで、京《きょう》童《わらべ》たちからやんやの喝采《かっさい》を浴びた。

少女は、平助に曇りのないくりくりした眼を向けて、いきなり宣言した。

「あなたさまの妻になりまする」

少女にとっていまは英雄の男に、無垢な心が一瞬で憧憬《しょうけい》を抱くのは不思議ではないが、妻、という一言は、さすがに平助にはおかしかった。

「されば、そなたがおとなになって、われらが再び会う奇跡が起こり、そしてそのとき、まだそなたに許婚《いいなずけ》がおらなんだなら、それがしの妻になってもらいたい」

そんなふうに告げた、と平助は記憶している。もとより、その場の戯《ざ》れ言《ごと》である。

先を急いでいた平助は、名乗りもせずに去った。背に、少女の呼ぶ声を聞きながら。

「お風さまあっ」

風の如く去ってゆく英雄を、そう呼ぶしかなかったのであろう。

（あの女童《めわらべ》が麝香どのであったか……）

野洲川の川原で、平助を天下一の好男子と称えたのは自身の思いである、と麝香が言ったのは、つまり、あのときの思いがまだ消えていないと告白したのではなかったか。平助はまったく気づかなかった。

鵺のことばが、ちくりと胸を刺す。

魔羅賀平助は女にやさしい、という。

（やさしくしておいて、いまになって後悔いたすとは……）

寒々《さむざむ》と冴《さ》えた月が、ちょっと光を増したように見える。嗤ったのかもしれない。

ぺろり、と丹楓が平助の頬を舐《な》めた。慰《なぐさ》めてくれるように。

死者への陣借り

一

風の吹き渡る丘の上で、丹楓は枯れ草を食《は》んでいる。

日中とはいえ、冬の陽射《ひざ》しは弱々しく、人間ならば寒さにふるえる場所だが、この破格の巨馬はかえって気持ち良さそうである。

平助の姿は見当たらぬ。

丹楓が、後方の木立を振り返った。

そこから、人がひとり走り出てきた。

垂髪を揺らす白い肌着姿の女である。

いや、女というより、そのまだ熟していない躰《からだ》の曲線や、顔つきにのこる稚《おさな》さからして、少女とよぶべきか。

つづいて、もうひとり出てきた。こちらはおとなの女で、やはり肌着姿である。

女のほうは、乱雑に束《たば》ねた打掛《うちかけ》や小袖《こそで》や帯を胸に抱えている。この寒空の下、なぜ両人とも着ずにいるのであろう。

少女が、丹楓の近くまできて足をとめた。そこには、武具と馬具が置かれている。

「奈穂《なお》。着物をこの鞍《くら》に結びつけよ」

少女が女に命じた。

奈穂とよばれた女は、鞍へ寄ってしゃがんだ。

それを見た丹楓が、じろりと睨《にら》んで、威嚇《いかく》するように、奈穂のほうへ一、二歩、踏み出した。

奈穂は身を硬《かた》くして怯《ひる》んだが、少女が気丈にも丹楓の前に立ちはだかり、逆に巨馬を睨み返す。

その間に奈穂が、束ねて抱えていた着物類を、手早く鞍の山形《やまがた》に結びつけた。

「できたか、奈穂」

「はい」

少女は、やにわに懐剣《かいけん》を抜いた。

「あ、徳姫《とくひめ》さま、何をなされます」

「そちの血をつけよ」

徳姫は懐剣を奈穂へ手渡す。

奈穂が、逡巡《しゅんじゅん》することなく、自身の左掌《ひだりてのひら》を傷つけ、流れ出た血を着物類へ塗りつけていると、遠く人声が聞こえた。

両人は周辺を見回す。

人影はまだ見えない。が、声はこちらへ近づいている。

徳姫は、裾《すそ》が乱れるのもかまわず、丘を駆け下りていった。奈穂もつづいた。

両人の姿が見えなくなったのとほとんど同時に、さきほど徳姫らが現れた木立の中から、十五人ほどであろう、武家の衆が出てきた。いずれも旅装である。

「姫」

「姫はいずこ」

「徳姫さま」

誰もが必死の形相で呼ばわっている。

「あれは……」

「なんという巨《おお》きな馬か……」

丹楓を見つけた者らが、眼《まなこ》を剝《む》く。

その中で、何かに気づいた足軽がひとり、丹楓へ走り寄った。が、前肢《まえあし》を高く上げられて驚き、わあっ、とひっくり返る。

「姫さまのお召し物のような……」

丹楓を恐れてあとずさりながらも、その足軽は鞍に結びつけられている着物類を指さした。

「なに」

武士が三人がかりで、恐る恐る丹楓へ寄ってゆく。

「何もせぬ。何もせぬゆえ、おとなしゅうしてくれ」

ひとりが、丹楓をなだめるように、前へ突き出した両手を下向《したむ》けながら、鞍のそばにゆっくり腰を落とす。

「間違いない。徳姫さまと奈穂のもの……」

そこまで言って、その武士は蒼ざめた。

「血が……」

二

裸の平助が、組んだ両手を頭上にして、大きく伸びをした。

川の流れを前に、日除《ひよ》けに傘鎗《かさやり》の笠《かさ》を開いて立て、天然の湯船《ゆぶね》に浸《つ》かっているのである。

岩に囲まれた露天の湯船は小さいが、ひとりだから、手足を伸ばすぐらいはできる。

「心地よいなあ」

思わず、口をついて出てしまう。

マラッカ生まれの平助が日本へやってきたのは、おのが命と引き替えに自分を産んでくれた母の祖国を、われとわが身いっぱいに感じたかったからだが、すっかり大好きになって長居をしている。もはや日本人といってよい。大好きになった理由は幾つもあるが、温泉もそのひとつであった。天下のいたるところに湧き出ているので、思い立ったときには、大体いつでも浸かることができる。

いま浸かっている湯は鉱泉で、温度が低い。寒いときは、あまり高温の湯に入ると、温度差がありすぎてかえって躰によくないのである。

馬沓《うまぐつ》が地を嚙《か》む音が聞こえてきた。

丹楓の沓音であることは、平助にはすぐに分かる。

(早いな……)

自分が湯に浸かっている間、丹楓にはこの谷間の上方に広がる丘で草を食べさせることにしたのだが、冬枯れでは腹を満たすほどの量を得られず、早くも平助を呼びにきたのであろうか。

（丹楓らしからぬ）

丘に武具と馬具を放置したまま離れるはずはない。満腹にならずとも、そこで平助の戻りを待つはずである。

（何かあったな）

そう思う間に、丹楓が川原へ巨姿を現した。

「そこにいよ」

と平助は命じた。

丹楓の立つあたりは砂と小石がほとんどだが、そこと露天の湯との間には岩がごろごろしている。丹楓が踏み入れば、脚《あし》をとられて怪我をする恐れがある。

湯からあがった平助は、躰を拭《ぬぐ》って衣類を着け、岩場に立てかけておいた愛刀志津三郎を背負い、笠を畳んで傘鎗を手に持つと、岩から岩へひょいひょいと跳《と》び移って、愛馬のもとへ達した。

そこへ、武家の衆がわらわらと走り入ってきて、平助と丹楓を取り囲んだ。いましがた丘に現れた人々だ。皆が殺気立ち、武士らは抜刀の構えをみせ、足軽どもは早くも鎗衾《やりぶすま》をつくった。

「おのれは山賊だな」

「何か思い違いをされているようだが……」

いきなり罵声《ばせい》や詰問《きつもん》を浴びせられ、平助は戸惑い、ぽりぽりと頭を掻《か》いた。

「姫さまを返せ」

「姫さまはどこか」

「これはそのほうの馬であろう」

宰領《さいりょう》らしい青年武士が、丹楓のほうへあごをしゃくった。

「馬ではなく、友にござる」

正直に、平助はこたえた。

「ふざけたことを申すな」

「ふざけているつもりはござらぬ」

「そのほうの馬の鞍に、姫さまのお召し物が結びつけてあったのだぞ」

宰領が言うと、べつの武士が抱えていた着物類を突き出してみせる。

「姫さまをかどわかし、お召し物を奪ったあげく、お怪我を負わせた。さよう相違あるまい」

宰領はきめつけた。

「お手前《てまえ》らの姫さまが怪我を負ったと」

「しらをきっても通らぬわ。お召し物には血がついておる」

「それなら、殺されたのではないかなあ」

思ったことを平助が口にした途端、

「こやつ……」

宰領以下、武士らはついに抜刀した。

すると丹楓が、鼻面《はなづら》で平助の肩をちょっと叩いて、自分のほうへ注意を向けさせてから、長い平頸《ひらくび》を左右に振る。

「そうか」

平助は微笑んだ。

「ご安心なされよ。お手前らの姫さまは殺されてはおらぬようだ」

「なに。姫さまのお命を奪ったばかりか、われらを愚弄《ぐろう》するとは……ゆるせぬ」

憤怒《ふんぬ》に身をふるわせた宰領は、怒号をあげながら、平助に斬りつけた。

が、平助は、傘鎗の柄《え》で、対手《あいて》の刀を難なく払い落とす。

「おやめなされ。最初に申したが、お手前らの思い違いにござる。それがしは何の関わりもない」

「斬れ」

痺《しび》れた両手を抱えて、宰領が皆に命じた。

「それはよろしくない。もしお手前らの姫さまをかどわかしたのがそれがしであるのなら、斬ってしまっては、姫さまの居所を訊《き》き出せぬと思うが」

「語るに落ちたわ。やはり、汝《うぬ》が姫さまを殺《あや》めたのだな」

べつの武士が、踏み込んで、突きを繰り出してきた。また平助は払いのけた。

こうなっては何を言ってもむだである。

(仕方ないな)

平助が丹楓の尻を軽くぽんっと叩くと、意図を察した巨馬は、いちど前肢を高く上げて武家衆を威嚇してから、川原を走り出ていった。

これで平助は、存分に刀鎗《とうそう》を揮《ふる》える。

「いささか痛《いと》うござろうが、それは、ひとを無闇《むやみ》に疑《うたご》うたお手前らの自業自得。お恨《うら》みなさるな」

平助は、しかし、背負いの太刀《たち》を抜くまでもなかった。傘鎗の柄と石突《いしづき》だけで、瞬《また》く間《ま》に武家衆を昏倒《こんとう》せしめたのである。

最後にひとり茫然《ぼうぜん》と立ち尽くすことになった宰領は、平助に一歩、歩み寄られただけで、腰を抜かして尻餅《しりもち》をついた。

「おぬし、名は」

穏やかに訊《たず》ねたつもりの平助だが、宰領は気の毒なほどふるえて、口をあわあわさせている。これほど桁違《けたちが》いに強い武人を見るのは初めてなのであろう。

「名乗られい」

もういちど、平助は促《うなが》した。

「と……遠山弥八郎《とおやまやはちろう》」

「いずれのご家中《かちゅう》か」

「美濃国苗木《みののくになえぎ》城主、遠山直廉《なおかど》の甥《おい》にござる」

恐ろしさのあまりであろう、弥八郎のことば遣《づか》いはあらたまっている。

美濃の遠山氏といえば、岩村《いわむら》城を本拠として恵那《えな》郡一帯に一族が分出し、東美濃最大の勢力を誇る。苗木の遠山直廉も一族の有力者である。

このころの遠山氏は、美濃斎藤《さいとう》氏と同盟関係を結ぶ甲斐武田《かいたけだ》氏に属していた。

「されば、姫さまというは、遠山直廉どのがご息女《そくじょ》か」

「さようにござる」

「お名は」

「徳姫さま」

「美濃苗木の姫さまが、なにゆえ信濃《しなの》に」

ここは信州の伊那辺《いなべ》の近くである。

伊那辺は、のちの豊臣秀吉《とよとみひでよし》の時代から伊那宿《じゆく》となるところだが、この当時すでに、小さいながらも町があった。美濃苗木からは二十里をこえる道のりであろう。

「嫁入り道中の途次にて」

「いずれの若君に嫁《とつ》がれる」

「武田四郎勝頼《かつより》どの」

平助は意外に思った。

(輿入《こしい》れ先が大きすぎる)

武田四郎勝頼は、甲斐国主《こくしゆ》武田信玄《しんげん》の四男だが、ついさきごろ長子《ちようし》の太郎義信《よしのぶ》の廃《はい》嫡《ちやく》によって、新たに嫡男《ちやくなん》と定められたはず。美濃国のいち武将にすぎぬ遠山直廉の息女では、家格の釣り合いがとれない。

「よくよく名ある大将のご養女として武田に嫁がれるのだな」

平助が察したことを口にすると、

「織田信長《おだのぶなが》さまにござる」

というこたえが返ってきた。

（なるほど）

東海の太守今川義元《たいしゆいまがわよしもと》を桶狭間《おけはざま》に討ち、尾張《おわり》一国も平定して、天下に名を轟《とどろ》かせた風雲児が、織田信長である。暗愚の斎藤龍興《たつおき》が国主をつとめる美濃国も、いずれ信長の手に落ちるであろうと近隣の諸侯《しよこう》はみている。

直廉の室《しつ》が信長の妹であるという事実を、弥八郎は付け加えた。

つまり、徳姫は信長の実の姪《めい》ということになる。これならば、武田勝頼と徳姫の婚姻は釣り合いがとれる。

しかし、これは事実上、武田が斎藤との同盟を反故《ほご》にし、織田へ鞍替《くらが》えしたに等しいというべきであった。

信玄は、信長によって美濃から武田の勢力まで一掃されたくない。信長にしても、背後を信玄に脅《おびや》かされては斎藤龍興を討つことが難しい。両者は利害の一致をみたのである。

「この婚儀のこと、稲葉山《いなばやま》城の斎藤龍興どのは」

「知らぬと存ずる、迂闊《うかつ》なお人ゆえ」

龍興は迂闊者という弥八郎の評に、平助はある人のことを思い出した。

酒色に耽《ふけ》り、奸臣《かんしん》たちの言に左右されて政《まつりごと》を疎《おろそ》かにしつづける主君龍興を改心させるため、わずかな手勢《てぜい》で稲葉山城を乗っ取ってみせた若き孤高の賢者、竹中半兵衛《たけなかはんべえ》。

半兵衛は乗っ取り後、龍興に諫言《かんげん》し、城を返上して、みずから隠棲《いんせい》の身となった。それでも龍興の改心は永《なが》くつづかず、美濃国はまた乱れた。そこを信長につけ込まれたのである。

(いま半兵衛どのは……)

半兵衛に陣借りして稲葉山城へ乗り込んだ平助である。白皙《はくせき》の美男の愁《うれ》い顔を思い浮かべずにはいられなかった。

「なれど、織田と武田の衆は随行しておられぬようだが……」

桶狭間合戦では織田信長に、川中島《かわなかじま》合戦でも武田の軍師山本勘介《やまもとかんすけ》に陣借りした平助のことは、両氏の名ある家臣ならたいてい見知っているはずなので、いきなり山賊ときめつけて斬りかかってくるなど考えられない。

「織田、武田の奉行人《ぶぎょうにん》と従者の方々も、手分けして徳姫さまの行方《ゆくえ》を探しておられる」

いま平助が倒した者らは苗木遠山氏の家臣ばかりなのである。

「して、遠山どの。徳姫さまはどこでどのようにしてかどわかされたのか」

「そ、それは……よう分かり申さぬ」

「分からぬとは」

弥八郎の話はこうである。

徳姫がどうしても湯に入りたいというので、この付近の湯治場《とうじば》に輿《こし》をとめた。はしゃいだ徳姫は、付き添いの者らを置き去りにして、ひとり足早に湯屋《ゆや》へ向かい、そのまま消えてしまった。真っ先に追いかけた侍女《じじょ》の奈穂もいなくなった。それで、二人とも途中で山賊にかどわかされたに違いないと断じ、随行者たちは手分けして湯治場とその周辺を必死で探した。結果、弥八郎ら遠山家の者は、あるじのいない馬のそばに置かれた鞍に、徳姫と奈穂の着物が結びつけられてあるのを発見したのであった。

「ところで、まだそれがしをお疑いか」

「あ、いや……」

「もしそれがしが徳姫さまをかどわかして殺めたのなら、お手前らを気絶せしめるだけにとどめはしないし、わざわざかようなことを訊《たず》ねもしない。それ以前に、もっと遠くへ逃げている。そうは思わぬか」

「そう言われてみれば……」

存外、素直に反省する弥八郎に、平助はちょっと笑いそうになったが、怺《こら》える。

（この御仁《ごじん》は、人が好《よ》いようだ）

そして、これはかどわかしではない、と思った。そういう手合《てあ》いが徳姫らの高価な着物を持ち去らないはずはあるまい。

平助は、着物を手にとってみた。

たしかに、数ケ所に血が付着している。が、あとから塗りつけられたような付きかたであった。着物も帯もどこも切られていないし、破られてもいない。不自然というべきである。

（もしや姫さまの狂言やも……）

徳姫はどうしても嫁ぎたくなくて、何者かにかどわかされて殺されたのだ、と弥八郎らに思い込ませようとしたのかもしれない。あの織田信長の姪ならば、それくらい烈《はげ》しい気象《きしょう》の持ち主であったとしても、うなずける。

奈穂という侍女は、ほんとうに徳姫を探しにいったのか、でなければ、はなから同《どう》心者《しんしゃ》であったのか、いずれとも断定できぬ。

「遠山どの。武田への輿入れは姫さまみずから望まれたことか」

「武門の女の婚姻は御家《おいえ》のため。当人が望む望まぬの儀《ぎ》にてはござらぬ」

思いのほか剣呑《けんのん》な口調で、弥八郎はこたえた。

弥八郎の言うとおりではあろう。だが、その表情から、平助にはふたつのことが読みとれた。

ひとつは、おそらく徳姫自身は輿入れに不承知であったこと。いまひとつは、

(遠山どのは徳姫を想《おも》うている)

ということである。

(ここまで関わっては、知らぬふりもできないなあ……)

平助はまた、蓬髪《ほうはつ》の頭をぽりぽりと掻いた。

「丹楓」

呼ばわると、ただちに愛馬は戻ってきた。

「追えるか」

その鼻へ徳姫と奈穂の着物を近寄せて嗅《か》がせながら訊いた。

応じて、丹楓は平頸を上下させる。

馬というのはもともと嗅覚が鋭いが、丹楓は別して優れている。

「しかと約束はできぬが、それがしが徳姫さまを見つけて、御身柄《おんみがら》を高遠《たかとお》城へ届け申そう」

信濃伊那郡の高遠城が武田勝頼の居城である。天竜川《てんりゅうがわ》の支流であるこの三峰川《みぶがわ》沿

いに二里も遡《さかのぼ》れば行き着く。

平助は、丹楓を曳《ひ》いて去った。

その後ろ姿から清爽《せいそう》の風が立ったような気がして、見とれた弥八郎であったが、破格の人馬が視界から消えてはじめて、おのれの不覚に気づいた。

「しもうた。姓名を訊き忘れた」

三

(妙だな……)

平助は、伊那街道を外れて、木曾《きそ》の山路《やまじ》を随分と登ったが、一向《いっこう》に徳姫と侍女の姿を捉《とら》えることができない。

この獣径《けものみち》ともよぶべき険しい山路に、女たちの足では、そう捗《はか》が行くはずはないのである。しかも徳姫らはこの冬空の下にもかかわらず薄着《うすぎ》だから、寒さで躰は思うように動かぬであろう。

しかし、丹楓の嗅覚はたしかなものである。追跡路に誤りがあるはずはない。

(狂言ではなかったのか……)

徳姫らは本当に山賊にかどわかされたのかもしれない、と平助は思い直した。となると、時がない。女たちは身を汚《けが》されるであろう。あるいは、すでに汚されてしまったか。

あたりは薄暗くなってきた。ほどなく陽《ひ》が沈む。

「丹楓。急げ」

武具と馬具の一切合切《いっさいがっさい》を担《かつ》いで、丹楓の後ろでみずからの足を進めている平助は、愛馬に声をかけた。

やがて、すっかり暗くなったところで、丹楓が脚をとめた。

夜目《よめ》の利《き》く平助は、前方に、拓《ひら》かれた空き地と小屋があるのを見てとった。杣《そま》小屋であろう。仄《ほの》かに灯火が洩れ、炊煙《すいえん》が立ち昇っている。

「あの中か」

平助が訊くと、丹楓は平頸を上下させた。

「よく導いてくれたな」

愛馬の平頸や背を撫《な》でてやる。

平助は、鳩胸胴《はとむねどう》の鎧《よろい》と角栄螺《つのさざえ》の兜《かぶと》を着けてから、そこに丹楓をとどめて、ひとり傘鎗を携《たずさ》え、足音を殺して杣小屋へ寄っていった。

戸の脇の板壁に背をつけ、中の気配を窺《うかが》うと、いきなり女の甲高《かんだか》い声が洩れてきた。

「退《さ》がりゃ。妾《わらわ》に指一本でも触れたら、舌を嚙む」

どっ、と男たちの哄笑《こうしょう》があがる。

「ならば、嚙んでみせよ」

「痛いぞ、舌を嚙むのは」

「そんな勇気があるものか」

「嚙んだところで、すぐには死ねぬぞ。しばらくは苦しみのたうちまわる。その間に、われらはそなたの下の口に、代わる代わる突き刺してやろうぞ」

また、どっと下卑《げび》た笑いが起こった。

「よさぬか、皆」

叱りつける者もいる。

「この姫をどうするかは、お屋形《やかた》さまに決めていただくゆえ、稲葉山城へ連れてゆく。さよう決めたはずだ」

「あの御方《おかた》に何ができるというのか。いつも織田信長に先手をとられて、右往左往するばかりの木偶《でく》の坊《ぼう》ではないか」

「そうじゃ」

「そうじゃ」

「岸勘解由《きしかげゆ》さまのような随一の忠義《ちゅうぎ》のお人すら助けようとせなんだ」

「岸さまは美濃武士の鑑《かがみ》じゃ」

「お屋形さまは堂洞《どうぼら》城には後詰《ごづめ》三千を差し向けられた。なれど、間に合わなかったのだ」

「間に合わなんだというのが、あの御方のうつけぶりよ」

「皆、お屋形さまへの悪口雑言《あっこうぞうごん》がすぎようぞ。いま、おぬしらが申した岸どのを見習え」

「これは、結句《けっく》は城を捨てた猿啄《さるばみ》衆のことばとも思えぬの」

「なに。われらが寡兵《かへい》よく戦ったことは、敵の織田方も認めるところぞ」

「それは、われら犬山《いぬやま》衆も同じじゃ」

「関《せき》衆もよ」

「何を申す。関衆など、織田軍におそれをなして、ほとんど戦わずして逃げたではないか」

「逃げたとは聞き捨てならぬ」

それで騒然となりかけたが、

「やめい」

誰かのその一声で、なんとか収まった。

（どうやら織田信長に落とされた東美濃の諸城より逃れた落武者《おちむしゃ》の寄せ集めらしい……）

狭い小屋の中に二十人から三十人もいそうなようすであった。

斎藤氏に属す東美濃の諸城は、この秋に信長によって次々と陥落せしめられている。

戦わずして寝返った者もいれば、堂洞城の岸勘解由のように、徹底抗戦して一族全滅の憂き目《うめ》をみた者もいる。そして、斎藤氏の筆頭家老長井隼人佐《ながいはやとのすけ》が、居城の関城を捨てて越前《えちぜん》へ逃れたことで、東美濃の斎藤方はほぼ壊滅した。

「されば、ここは修理《しゅり》さまにご裁可《さいか》を仰《あお》ぎたい」

徳姫に対して淫《みだ》らなことを告げた者が、居直ったような口調で言った。

「なんの裁可か」

修理とよばれた者が、問い返す。

たぶん猿啄城主の多治見《たじみ》修理であろう、と平助は察した。どうやら落武者たちのかしらとなっているらしい。

「憎き織田信長の姪であるその姫を、われらがいまここで犯してよいかどうかにござる」

「たわけたことを申すな」

「女を攫《さろ》うたこと自体、すでにたわけたことではござらぬか。その断《だん》を下《くだ》したのは、修理さまであったはず」

「あのときは、わしも気が立っていたのだ。高遠城で跡部大炊助《あとべおおいのすけ》なる者に門前払いを食わされた直後であったゆえ」

「そうじゃ。あの者、武田四郎どのが側近とか申しておったが、われらに食い物と水をくれただけで、城内へ一歩も入れさせなんだ。まるで物乞《ものご》いあつかいであったわ」

そういうことだったのか、と平助はかれらの本日の行動を想像した。

多治見修理に率いられた落武者たちは、斎藤氏の同盟者である武田氏を頼って信濃高遠城までやってきたのであろう。ところが、食糧は与えられたものの、門前払いを食らった。四郎勝頼の側近にすれば、織田信長の養女の輿入れの日に、斎藤氏の落武者を受け容《い》れては、剣呑なことになりかねないから、その処置はやむをえなかったのかもしれない。

おそらく修理らは、門前払いの後、随行者たちから離れた、というか逃げていた徳姫と奈穂に偶然にも出くわしたのではないか。

徳姫がみずから名乗ったのか、修理らが無理やり訊き出したのか、いずれにせよ信長の姪と分かったので、行きがけの駄賃《だちん》に攫《さら》ったのに違いない。

ただ、話のようすからして、かれらは徳姫が勝頼に嫁ぐということまでは知らぬようである。知ったならば、怒りはさらなるものとなっていよう。

あるいは徳姫は、修理らが斎藤氏に属する者と分かって、それだけは明かさなかったのか。とすれば、まったくの無分別《むふんべつ》というわけでもなさそうである。

「修理さまの猿啄城でも、逃げ遅れた女衆は織田の兵に手籠《てご》めにされたはず」

「敗れた側は人も物も掠奪《りゃくだつ》されるのが、いくさのならいじゃ。なれど、ここは戦陣ではない」

「武士は常住坐臥《じょうじゅうざが》、戦陣にござる」

「おのれは女を抱きたいだけであろうが」

と怒鳴りつけたのは、修理の家臣に相違ない。

「おお、そうよ」

徳姫をなんとかしたい者が、ついに居直った。

「女ぐらい抱かせてもらわねば、この先、修理さまに従《したご》うて稲葉山まで往く元気が出ぬわ。皆、そうではないか」

最後は声を張り上げ、賛同を促した。

「おおっ」

獣心《じゅうしん》を露《あら》わにした者らが和《わ》した。その数は少なくない。

杣小屋の中で、怒号と物音が沸騰した。乱闘が始まったのである。

なんとも醜い諍《いさか》いだが、なかば自暴自棄の落武者とはこうしたものであろう。

女の悲鳴もあがった。

（姫が危うい）

狭い屋内で、殺気立った二、三十人の男たちが刃《やいば》をふるえば、女の身では切《き》っ先《さき》を避《よ》けられまい。

平助は、板壁の裾に傘鎗と太刀を横たえてから、立ち上がった。が、戸のほうへ踏み出しかけて、素早く身を引いた。

戸が内から破られ、男が二人、取っ組み合ったまま転《ころ》がり出てきた。

つづいて、数人が駆け出してきて、いずれも抜刀するや斬り合いを始めた。

再度、中へ踏み込もうとした平助だが、こんどは戸口に三人が折り重なって倒れ込み、前を塞《ふさ》がれてしまう。

「あ、女が……」

奥でうろたえる声が洩れたのを、平助は聞き逃さなかった。

戸口に倒れ込んだ三人のうち、いちばん上の者を摑《つか》んで放り投げてから、平助はあとの二人を踏みつけにして、ようやく小屋内へ入った。

灯火といっても、微々《びび》たる明かりである。中は薄暗い。

所狭《ところせま》しと、男たちの影がくんずほぐれつし、刃をきらめかせている。

最奥に、闘《たたか》わず、こちらに背を向けて立ち尽くしたようすの者が二人いるのを見てとると、平助は、前を塞ぐ者らをはじき飛ばしながら、突進した。

立ち尽くしていた二人も突き飛ばし、目の前の壁の隅を見下ろした。

乳房《ちぶさ》を露わにされ、白い肌着の裾を乱された女が、ひくひくと痙攣《けいれん》しているではないか。

両手にしっかりと鎧通《よろいどおし》の柄《つか》を握りしめ、頸から夥《おびただ》しい血をどくどくと流出させていた。おそらく、自分に襲いかかってきた者から奪ったその鎧通で、自害したのであろう。

（おれは不覚者《ふかくもの》だ）

平助は悔《く》やんだ。小屋内のようすを窺うようなことをせず、はなから戸を蹴破《けやぶ》って跳び込むべきであった。そうすれば、徳姫にこんな無惨な死に方を選ばせずに済んだ。

床に膝をつき、女を抱き起こして頭と頸に手をかけた。

「ひ……め……さま」

と瀕死《ひんし》の女が、最後の力を振り絞って洩らした。

それで平助は、自分の間違いに気づいた。

(この女人《にょにん》は徳姫ではない。侍女の奈穂という者だ)

平助は、屋内を素早く見回した。が、ほかに女人の姿は見当たらない。

「おい、おぬし、分からぬのか。女は自害いたしおったのだ」

「それとも、死体でも犯したいほど飢えておるのか」

奈穂を犯しそこね、いま平助に突き飛ばされた二人が、起き上がって、後ろから声をかけ、笑い合った。薄暗がりの中なので、かれらは平助が闖入者《ちんにゅうしゃ》であることにまだ気づいていないのである。

平助は、奈穂の頭と頸にかけた両手に力を込めた。

このまま放っておけば、奈穂はまだしばらくは激痛に苦しむ。早々に解放してやらねばならない。

（ゆるせ）

一瞬で奈穂の頸骨《けいこつ》を折った平助は、立ち上がって、振り向いた。

笑っていた二人が、眼前に立った巨軀《きょく》に愕《ぎょ》っとする。

平助は、両手で二人に喉輪《のどわ》をきめると、そのまま押して、大股《おおまた》に歩きだした。

邪魔な乱闘者たちは、二人の躰を盾代《たて》わりとして突きのけてゆく。

小屋の外へ出た平助は、二人を突き転がしておいて、戸口の脇に横たえておいた愛刀志津三郎を執《と》って抜いた。

喉頸を押さえて咳《せ》き込みながら、ふらふらと立ち上がった二人に、平助は無造作《むぞうさ》に歩み寄る。

一方を脳天から幹竹割《からたけわ》りに、返す一閃《いっせん》で他方の首を刎《は》ね飛ばした。

そのまったく無慈悲《むじひ》な斬撃《ざんげき》は、平助の怒りの凄《すさ》まじさを物語っている。

二人から噴出した血が、小屋前で斬り合う落武者らへ、雨のように降り注がれた。

ようやく見知らぬ巨軀の男に気づいたかれらは、仲間割れの闘いをやめた。

「多治見修理どの。わが前に出《いで》よ」

と平助は大音声《だいおんじょう》に呼ばわった。

「なんだ、おのれは」

後ろに立つ者が怒鳴りつけてくる。

「多治見修理どのか」

ゆっくり振り返って、平助は訊ねた。

「修理さまに何用だ」

それで、対手が修理でないと知れたので、平助は袈裟懸《けさが》けに斬り捨てた。

「な、何をする」

斬り捨てられた者の横にいた者が、仰天する。

「おぬしか、修理どのは」

すると、その者はあわててかぶりを振る。

踏み込んだ平助は、対手の喉頸へ突きを見舞った。

「ひとりひとりと問答している暇《ひま》はない」

と余の者らを眺《なが》めやる。

小屋内の者らが、わらわらと出てきた。

「わしが多治見修理である」

白髪まじりだが、屈強そうな男が名乗った。

「それがしは魔羅賀平助と申す」

平助も名を明かす。

「魔羅賀平助とは……あの陣借り平助か」

修理が驚き、落武者らは皆、身を強張《こわば》らせる。

「世の人々は、そのように称《よ》んでいるらしゅうござる」

「では、わしはすでに死人《しびと》も同然よな。なれど、魔羅賀平助、この者らは見逃してもらえまいか」

「修理どのは思い違いをしておられるようだ」

「織田に陣借りし、わしを討ちにまいったのではないのか」

「いまは織田にもどこにも陣借りしており申さぬ。なれど、事と次第によっては、皆殺しにいたす」

「どういうことか」

「いま自害いたした徳姫には侍女が随行していたはず。ご存じであろう」

いましがたの小屋内の会話から、修理らが奈穂を徳姫と思い込んでいたことは明らかなので、平助はあえて真相を告げなかった。

もしかれらが本物の徳姫も死なせたのなら、この場で修理以下の全員を斬り捨てるつもりの平助なのである。

「たしかに侍女がひとりおった……」

徳姫らといかに遭遇したかを、修理は明かした。

落武者たちは、高遠城で門前払いを食ったあと、伊那辺まで戻って街道を南下し始めたのだが、そこから一里も進まぬうちに、仲間割れが起こった。往還《おうかん》で揉《も》めては人目に立つので、街道沿いに流れる天竜川の川原へ下りて話し合った。しかし結局、十人が袂《たもと》を分かってどこかへ去ってしまう。気力の萎《な》えた修理らが、しばしそこに留《とど》まっていると、白い肌着姿の武家女が二人、川原へ下りてきたのである。気持ちがすさんでいた男たちは、勃然《ぼつぜん》と獣欲を起こし、二人へ襲いかかった。

そのとき、女の一方が他方を、

「逃げよ、奈穂」

と押しやり、自身は懐剣を抜いて、男たちの前に立ちはだかった。

懐剣をかまえた女は、自分は織田信長の姪の徳姫であると名乗り、無礼はゆるさぬと怒号したが、落武者たちがこれをつかまえるのは容易であった。

侍女であるらしいもうひとりは取り逃がした。このあたりの湯治場に遊山《ゆさん》にきたという徳姫には、当然、随行人数がいるので、発見されては厄介《やっかい》だから、修理らも侍女を追わず、木曾山中へ入った次第である。

「……それゆえ、われらは侍女の行方を知らぬ」

と修理は話を結んだ。

（嘘偽《うそいつわ》りではないようだ）

平助は、修理の表情から、事実を語ったと感じた。

間違いなく奈穂は、徳姫を逃がすために、とっさの機転を利かせたのである。逃げたほうが侍女ではなく徳姫であると知れば、修理らも捕《と》らえるのに躍起《やっき》となったであろう。

奈穂は忠義の侍女というべきである。酷《むご》い死のせめてもの救いは、身を汚される前であったことであろうか。

「逃げた侍女は、おぬしの縁者《えんじゃ》か」

修理が問い返した。

それには平助はこたえない。

「修理どの。徳姫の亡骸《なきがら》は必ず手厚く葬《ほうむ》られよ。万一、いささかでも疎かにされたら、この魔羅賀平助がふたたびお手前らのもとへ参上し、そのときは有無を言わさず皆殺しにいたす。さよう心得られい」

「あ……相分《あい》かった」

平助の抑制を利かせた声音《こわね》がかえって恐ろしかったのか、修理はごくりと生唾《なまつば》を呑《の》んだ。

「陣借り平助がどれほどのものか」

背後にいたひとりが、おめきざま、鎗先《やりさき》を向けて突撃してきた。

平助は、悠然と志津三郎を地へ突き立ててから、振り向きざまに、鎗先を躱《かわ》し、たたらを踏んで寄ってきた対手のあごへ、右の掌底《しょうてい》の一撃を繰り出した。その右腕の動きは目にもとまらぬ迅《はや》さであった。

異様な音がして、その者は大きく後方へ吹っ飛ばされた。即死である。

落武者らの一斉に息を吸い込むひいっという声が、一瞬、夜気《やき》をふるわせた。

「しかとおぼえておくことだ。魔羅賀平助は素手《すで》の一撃でも人を殺せる」

右腕を伸ばした残心のかまえのまま、平助はかれらに宣《せん》した。

幾人もが腰を抜かして、その場に崩れ落ちた。

四

平助が、落武者たちの杣小屋を離れて、丹楓のもとへ戻ると、愛馬はちょっと戸惑いをみせながらも、山路をさらに登りたそうにした。

(そうか)

平助は、気づいた。

丹楓には徳姫と奈穂、両人の着物の匂いを嗅がせている。一方の匂いは杣小屋の中からであったが、他方は別のところから発せられているのであろう、と。

山路を少し登ってから、丹楓は木々で鬱蒼《うっそう》とする谷側《たにがわ》の斜面を下《お》り始めた。行き着いたのは、あの杣小屋を上から見下ろす場所であった。

きっと徳姫は、いったんは逃げたものの、奈穂を攫った落武者たちのあとを、ひそかに尾行し、この場所からようすを窺ったのに違いない。

そのあたりの匂いを嗅いでいた丹楓が、鼻先にひっかけた何かを、頸を振って払い落とした。

平助は拾い上げる。

長さ一尺余りの白い布帛《ふはく》であった。

いくさ場《ば》で敵味方を見分けるため鎧の袖につけるもので、いわば標識である。

（袖標《そでじるし》だな）

墨で「一」と記されていた。

見憶《みおぼ》えがある。

（村上《むらかみ》氏のものだ）

信濃国埴科《はにしな》郡葛尾《かつらお》城を本拠とした村上義清《よしきよ》は、一時は信州最大の勢力を誇り、武田信玄に二度も煮え湯を呑ませたほど強かった。が、信州の国人《こくじん》、土豪《どごう》の大半が信玄に靡《なび》いたことで、孤立し、ついに城を捨てて、越後《えちご》の上杉輝虎《うえすぎてるとら》（謙信《けんしん》）のもとへ逃れ、寄食《きしょく》の身となって久しい。

平助は、永禄《えいろく》四年の川中島合戦で、武田の軍師山本勘介に陣借りして、強悍《きょうかん》な上杉勢を五十人余りも討った。そのとき上杉勢の中に見た村上軍の袖標が、一尺五寸の白の練絹《ねりぎぬ》に「一」と墨書《ぼくしょ》されたものだったのである。

村上氏の家臣の中には、義清に従って越後へ落ちることを潔《いさぎよ》しとせず、あくまで信濃にとどまって武田に抵抗しつづける者らが、いまだに少なからず存在する。かれらの悲願は、信玄を討って村上氏の旧領を奪回し、主君義清をふたたび葛尾城に迎えることにある。

（徳姫はここで村上の残党につかまったのやも……）

あるいは、村上の残党はどうかして織田信長の養女が武田勝頼に嫁ぐことを知り得て、徳姫の身を嫁入り道中の途次で奪う機会を窺っていたのか。武田に対しては、斎藤氏と違って常に探《さぐ》りを入れているであろうかれらなら、それもありうることだ。

村上の残党の仕業《しわざ》であったとして、かれらは徳姫をどうするつもりなのか。

越後へ連れてゆくつもりならば、愚かである。ひとり義清に限らず、自分を頼ってくる武将たちを、現実的な損得ではなく義俠心《ぎきょうしん》から助けている上杉輝虎が、かどわかした女を敵との駆け引きに使うなど、ゆるすはずはない。

平助もそうは思いたくないことだが、村上の残党は徳姫を酷たらしく殺すつもりなのではあるまいか。

信長の養女が武田勝頼への嫁入り道中の信濃で、何者かにかどわかされ惨殺されたとなれば、それは武田が責めを負うべきことである。当然、織田と武田の間もぎくしゃくしたものとなり、間接的には義清が寄食する上杉に利する。

ただ、村上の残党も無闇には殺すまい。

（徳姫を殺すとしたら……）

その地に、葛尾城の南の上田原《うえだはら》を選ぶのではないか。

上田原は、村上義清が武田信玄に、生涯初めての敗北を味わわせたところである。武田は、板垣信方《いたがきのぶかた》や甘利虎泰《あまりとらやす》など重臣を幾人も失い、「一国の嘆き限りなし」とまでいわれた。ここで勝頼の妻となるはずの女まで殺されれば、信玄はどれほど怒り、口惜《くちお》しがることか。それは、村上の残党にとっては、憎き信玄に久々に煮え湯を呑ませることができた喜びとなる。

この想像はさほど間違ってはいない、と陣借り平助の勘が告げていた。

北信濃の上田原は、ここからはまだ遠い。まして、武田領であるこの南信濃では、村上の残党は自由に移動できないから、到着までかなり時を要するであろう。

（徳姫はすぐには殺されない）

平助はそう確信した。

丹楓がふたたび山路へ戻って、こんどは下《くだ》り始めた。愛馬に導かれるまま、平助も黙々と山路を下る。

このあたりの山々は高峻《こうしゅん》で、中腹より上はすでに雪に被《おお》われている。冬の雪山越えなど自殺行為に等しいから、村上の残党も伊那街道へ出たに相違ない。

だが、伊那街道も伊那辺一帯は徳姫の捜索者たちが走り回っていよう。嫁入り行列に随行してきた武田の奉行人が、たぶん高遠城へ知らせたであろうから、多勢が繰り出しているはずである。

とすれば、村上の残党も、強行突破で伊那街道を北上するという愚行は冒すまい。できる限り安全に当面の危地を脱しようとするであろう。

（天竜川……）

大変な遠回りでも、川舟《かわぶね》でいったん南下するのではないか。

飯田《いいだ》あたりで上陸し、そこから木曾山脈の南の裾を回り込んで木曾街道へ入って北上する。これならきっと、武田の捜索範囲から脱することができる。

木曾街道が南北に縦貫する木曾谷も、武田に属す木曾義昌《よしまさ》の支配である。しかし、雪の木曾山脈が伊那街道と木曾街道を分断している。よって、義昌が徳姫の一件を知るまで時がかかる。そのぶん、村上の残党に逃走の猶予《ゆうよ》が与えられよう。

（夜に舟を出すことはあるまい）

熟練の船頭でも暗がりで川下りをするなど危険すぎる。村上の残党がどこかに潜《ひそ》み隠れて夜明けを待つことは疑いない。

丹楓と平助は、伊那街道へ出た。

風が舞っていた。

向きがくるくると変わる風に、丹楓が困惑する。徳姫の匂いを辿《たど》り難《がた》い。

（ここまでか……）

ちょっと溜《た》め息《いき》をつく平助であった。

火明《ほあ》かりが幾つも、こちらへ急激に寄ってきて、たちまち平助は囲まれた。

「そのほう、この夜中《やちゅう》に何をいたしておる。何者か。名乗れ」

鎧武者に詰問された。

随従の足軽たちは、松明《たいまつ》をかざしたり、鎗をかまえたりしている。

「それがしが名乗るより、遠山弥八郎どのをおよびいただいたほうが、事は早いと存ずる」

魔羅賀平助と名乗ったところで、知らぬ者は知らぬであろうし、名だけ知る者には陣借り平助の騙《かた》り者ときめつけられかねない。それは厄介であった。

「では、遠山家の者か」

「そういうわけではござらぬが……」

平助が頭を掻き始めたとき、足軽のひとりが鼻をひくつかせながら言った。

「こやつ、血が匂うぞ」

皆、色めきたった。

斎藤氏の落武者たちを斬ったときに浴びた返り血の匂いである。

「いましがた山犬を斬り捨てたときについたものにござろう」

「怪しいやつだ」

鎧武者も陣刀を抜いたそのとき、

「何事か」

という声とともに、別の一隊が駆けつけた。

「あ、これは……」

鎧武者が引き下がる。

代わりに、ひとり前へ出てきた者が、平助を見て、にっこりした。

「やあ、やはり魔羅賀平助どのであったか。会えて光栄にござる」

鎧も刀も重そうな貧弱な武士は、押し戴くようにして平助の両手をとった。

平助が触らせるのに任せたのは、めずらしく対手の間合《まあ》いに引き込まれたからである。それほど男は瞬時に心を開いて寄ってきたのだといえる。

「それがしをご存じなのか」

「桶狭間でしかとこの眼に焼き付け申した。むろん、魔羅賀どののほうはそれがしのことなどご存じなくて当然にござる。あのころはまだ織田のいち足軽にすぎぬ軽《かろ》き身でありましたゆえ」

そして、男は名乗った。

「木下藤吉郎秀吉《きのしたとうきちろう》と申す」

そのまま藤吉郎は、べらべらと喋《しゃべ》りつづける。

藤吉郎は、徳姫の嫁入り道中に、織田の奉公人として随行してきたという。徳姫と侍女の奈穂が消えて、遠山家の者ら、武田家の者らと手分けして行方を探したものの、ついに発見できず、遠山弥八郎とふたたび合流したさい、緋色毛《ひいろげ》の巨馬を連れた途方もない強者《つわもの》と出会ったときの一部始終を聞かされ、魔羅賀平助に違いないと思ったのである。

「して、魔羅賀どの。徳姫さまを見つけることができ申したか」

「いや」

平助は、かぶりを振るばかりで、斎藤氏の落武者、奈穂の死、村上氏の袖標の発見、いずれも藤吉郎には明かさなかった。

状況はどうあれ、高遠城へやってきた斎藤氏の落武者に対して、武田勝頼が捕らえぬまでも水と食べ物を与えたことや、武田領内の南信濃で村上の残党に徳姫をかどわかされたことが、織田信長に伝わるのは好ましくない。

「遠山どのは」

平助が訊くと、伊那辺の小寺《こでら》にいると藤吉郎はこたえ、

「気の毒なほどおろおろしておられる」

そう言って、ちょっと笑った。

うろたえるのは当然であろう、と平助は思う。

徳姫の身に万一のことがあれば、遠山家の奉行人として、切腹して詫《わ》びねばならない。何より、弥八郎は徳姫を好《す》いているらしいから、心配で堪《たま》らないのだ。

切腹を免れないのは、織田家の奉公人の藤吉郎も同じだが、どうやらこの男は小《こ》兵《ひょう》でも胆《きも》が据《す》わっており、なんとかなるさ、という天性の明るさみたいなものを身に纏《まと》っている。

（生きつづければ稀有《けう》な武将になるかもしれない……）

と平助は思うともなく思った。

「木下どの。それがしが戻ってきたことは、まだ遠山どのには伝えずにいていただけようか」

「陣借り平助をもってしても成果なしと知れば、遠山どのは絶望いたすに相違ござらぬ。それは、この藤吉郎もしのびない」

まるで平助の心を読んだかのように応じて、藤吉郎はまたにっこりした。

「魔羅賀どののことは武田の衆にも伝えておき申すゆえ、思いのままに動かれよ」

「かたじけない」

平助は、藤吉郎と別れると、伊那街道の往還を西から東へ横切って、丹楓とともに天竜川の川原へ下りた。

五

まだ薄暗いが、山の稜線《りょうせん》がぼんやりと見える。

まもなく夜が明けよう。

一軒の農家の戸が静かに開けられ、人影が続々と出てくる。

徳姫をかどわかした村上の残党十人は、この農家の家族を脅《おど》して一夜の隠れ家とした。深夜に徳姫捜索の武田の兵がやってきたが、子どもを人質にとって、あるじ夫婦にやり過ごさせた。

そしていま、かれらが去ったあとの屋内には、その家族全員の死体が残されている。

村上の残党といっても、様々である。主君義清が越後へ落ちて十年以上もの歳月を経《へ》れば、御家再興《おいえさいこう》の大義《たいぎ》の名のもとに、やることは兇賊《きょうぞく》と変わらぬはぐれ者たちもいる。この十人はそうした手合いであった。

徳姫は、猿ぐつわをかまされ、きつく簀巻《すま》きにされて、巨漢の肩に担がれている。

残党十人は、血走った眼で周囲を警戒しながら、街道を横切り、天竜川の川原へ出た。

このあたりは沢渡《さわんど》という土地で、伊那辺から南へ一里ばかりのところである。

一同、風に揺れる冬枯れの蘆原《あしはら》に被われた水辺へ踏み入った。かねて、舟を一艘《そう》隠しておいたのである。

一斉に視線を上げた。

正面、伊那山地の稜線が光を帯びたからである。朝日が昇り始めた。

その景色の中に、突然、下から飛び込んだものがある。大きな笠みたいなものが舞い上がった。

皆がそれに視線を奪われた瞬間、先頭を往く者が倒れて水しぶきを上げた。

舟の前に、鎗を担いだ巨軀が立っているではないか。

「汝《うぬ》は何者だ。名乗れ」

かしらであるらしい兇相の入道《にゅうどう》がわめいた。

「お手前が名乗るなら」

と平助は言った。

「ふん。わしは屋代袁彦《やしろえんげん》である」

「屋代と申せば、村上一族にござろう」

「それがどうした」

「その昔、信濃の惣大将《そうだいしょう》であった名門村上氏の名を汚しておられるようだ」

「うるさい。汝も名乗れ」

「魔羅賀平助と申す」

袁彦以下、皆がざわつく。

「百万石の陣借り者とかもちあげられ、いい気になっている僭上者《せんじょうもの》と聞いておるわ」

「百万石の値《あたい》と称《たた》えられれば、いい気にもなり申そう」

ちょっとあごを上げてみせる平助であった。

「武田に陣借りいたしたか。それとも、織田か」

「どちらでもござらぬ」

「ならば、遠山か」

「否《いな》」

「よもや……われらが殿《との》に……」

どうやら袁彦たちは旧主の村上義清にも疎まれているらしいと察した平助は、

(哀れな)

と思った。

「早合点《はやがてん》なさるな。それがしが陣借りいたしたのは、奈穂どの」

「なお、どの……。どこの武将か」

「忠義の女性《にょしょう》にござる」

「なんだ、それは」

「問答はこれくらいにいたそう。徳姫をお返しいただく」

「うつけか、汝は。こっちは九人だぞ」

「たった九人」

「なに」

「まいる」

踏み込んだ平助は、袁彦を肩で突き飛ばしておいて、先に手下たちを襲った。

いつもなら、首領を真っ先に討って、敵を怯ませ、手下どもが逃げるならばそのままにする平助だが、いまは違う。

一見して、外道《げどう》と知れた男たちだ。過去に無辜《むこ》の人間を多く殺したに違いなく、この者らを生かしておけば、同じことを繰り返してやまないであろう。敗残の武士のひとつの末路とみれば哀れを誘うが、そんなものは外道の所業《しよぎよう》をゆるされる理由にはならぬ。

平助は、鎗を自在に揮い、徳姫を担いでいる巨漢と袁彦を残して、あとの七人をいずれも一撃で殺した。数瞬の間の迅業《はやわざ》であり、誰にも背を向けて逃げようとする暇《いとま》さえ与えなかった。

「汝《うぬ》があっ」

巨漢が簀巻きの徳姫を平助に投げつけ、腰の陣刀に手をかけた。

その動きを読んだ平助は、自身も、鎗を巨漢めがけて投げている。

鎗に喉頸《のどくび》を貫《つらぬ》かれた巨漢は、後ろざまにどうっと倒れた。

徳姫を胸に受け止めた平助は、その身を舟の中に横たえると、簀巻きを解《と》かずに告げた。

「いましばらく辛抱なされよ」

袁彦が逃げ出したのである。

平助は水を蹴立てて追った。

袁彦が土手へあがる手前で追い越し、その前へ回り込んで、斜面に立って見下ろすと、平助は懐《ふところ》から、畳んである布を取り出して開いてみせた。

村上氏の「一」の袖標。

「おぬしが忘れた村上武士の矜持《きようじ》。せめて川を渉《わた》るときは付けてゆくがよい」

川とは、三途《さんず》の川である。

平助は、袖標をまた畳んで、袁彦へ放った。

「無用じゃあ」

袁彦が袖標を斬り払う。

「さようか」

とだけ言って、平助は高く跳んだ。

背負いの四尺の大太刀、志津三郎を独特の抜刀術によって空中で抜き、地へ降り立ったときには、屋代袁彦を脳天から斬り下げている。

それから平助は、舟のところまで戻って、徳姫を簀巻きから解放し、猿ぐつわも外してやった。

「そのほうが陣借り平助か。以前、父上に陣借りしたことがあろう」

徳姫の言う父上とは、遠山直廉ではなく、織田信長のことらしい。

「いかにも」

平助がうなずくと、

「こたびも大儀《たいぎ》であった」

徳姫は、家来に対するような一言をかけてから、

「妾《わらわ》を三河《みかわ》の松平家康《まつだいらいえやす》どののもとへ連れてゆけ」

といきなり命じた。

「なにゆえ松平家に」

「妾は、父上のご命令でも、武田へなど嫁ぎとうはない。四郎勝頼というは、信玄に溺愛《できあい》されて、柔弱者《にゅうじゃくもの》と聞いておる。家康どのなら父上にとりなしてくれよう」

「ははあ……」

元康《もとやす》から家康に改名して、三河一国の平定も間近《まぢか》な松平家康と、隣国尾張の織田信長とは同盟を結んでいる。家康の長子信康《のぶやす》と信長の実のむすめ五徳《ごとく》との婚約も成立し、その絆《きずな》は強まった。

しかし、だからといって、家康が徳姫の味方をして、信長に異見《いけん》してくれるなどと考えるのは、小娘の浅知恵《あさぢえ》というほかない。

（こんなわがまま姫のために、奈穂どのはみずからの命を犠牲にしたのか……）

平助は、御免《ごめん》とことわりもせず、徳姫の躰を肩へ担ぎ上げた。

「な、何をする、無礼者」

そのまま水辺の枯れ蘆原を分け進んで、砂と石ころだらけの川原へ上がり、土手の近くに、徳姫の躰を下ろした。

「ひいっ」

頭を割られて血まみれの袁彦の死体を目の前にして、徳姫はおもてを引きつらせ、腰砕《こしくだ》けにへたりこんだ。

「姫が嫁入り行列から逃げ出さねば、この者は姫をかどわかすことは、たぶんできなかった。さすれば、それがしも、この者も手下たちも殺さずに済んだ。姫のわがままのせいでどれだけの命が失われたか、よくよく省《かえり》みられよ」

「こやつらは悪人ではないか。殺されて当然じゃ」

「では、姫のいとこどのも死んで当然と思われるか」

「妾のいとこ……」

「遠山弥八郎どのにござる」

「なんじゃと」

「御身《おんみ》を恙《つつが》なく高遠城へ届けることができなければ、弥八郎どのは、輿入れの奉行人として切腹しなければならぬ。織田家の木下藤吉郎どのも武田の奉行人も同じにござる」

「そんな……」

「武門にお生まれになりながら、さようなこともお分かりにならぬ。いや、分かろうとなさらなかったのでござろう。そこが姫のわがままにござる」

「奈穂は……奈穂は妾の思いを、自分の思いとしてくれた」

奈穂の名を口にして、はっとした徳姫は、

「そうじゃ、奈穂はあの山中にいる。杣小屋の中じゃ」

と木曾の山々を指さした。

「姫を逃がすためにあの者らに捕まった奈穂どのは、身を汚される前に自害なされた」

「……」

徳姫は絶句する。

「奈穂どのは、いまわのきわにただ一言、姫さま、と。おのれの命が失《う》せるそのときでさえ、姫のことばかりを案じておられた。姫のわがままが、無二の忠義の侍女を死なせたのでござる。このうえ三河まで逃げて、さらに死者の数をお増やしになりたいか」

徳姫が双の眸子《ひとみ》を濡らし始めると、

「泣いてはなるまいぞ」

睨みつける平助であった。

「愚かなことをした後悔の涙にござろう。それでは、奈穂どのは愚か者のために命を捨てたことになる。姫がしなければならぬ奈穂どのへの供養《くよう》は、決して泣かずに、織田家のために武田四郎どのへ嫁ぐことにござる。奈穂どのがお主《しゅう》である姫の思いのためにに命を捨てたように。それこそが武門の女の生きかたではござらぬか」

するとと徳姫は、いちどしゃくりあげただけで、唇を強く嚙み、あとの嗚咽《おえつ》を怺えた。さすが織田信長の姪というべきかもしれぬ。

馬沓の音が轟き、街道を北から、大勢の人馬が駆け向かってくるのが見えた。

「姫」

平助は、手を差し伸べ、徳姫を立たせる。

ほどなく、人馬は往還上に留まり、その中から十人余りの武士が川原へ下りてきた。

先頭は、大兵《だいひょう》で男振《おとこぶ》りのよい若者だ。

遠山弥八郎と木下藤吉郎もいる。

「姫さま。ようご無事で」

弥八郎がふるえ声で言い、憔悴《しょうすい》しきった顔をくしゃくしゃにした。涙がとまらない。

「やはり陣借り平助は格別の武人にござるなあ」

川原に転がる死体を眺め渡して、藤吉郎がうんうんとうなずく。

「おことが山本勘介に陣借りしたときは、わしは躑躅ケ崎《つつじさき》におらず、会うことができなんだ。会えて、うれしいぞ、魔羅賀平助」

と若者が平助に笑顔を向けた。甲斐府中《ふちゅう》の躑躅ケ崎に武田信玄の館《やかた》がある。

「武田四郎勝頼どのにあられるな」

柔弱者ではない、むしろその逆、と平助は感じた。世評や噂などというものは、あてにならぬ。

「村上の残党なのか……」

勝頼は、死体の中に、「二」の袖標を見つけて、吐息をついた。

「いや、四郎どの。この者らは、村上の残党を騙っており申した。そうすれば、かつて村上氏とつながりのあった人々から、いささかの援助を得られたからにござろう。正体は、氏素生《うじすじょう》も知れぬただの山賊にござる」

「そうであったか」

藤吉郎が納得する。

これで藤吉郎は信長にもそのように報告するであろう。

「武田四郎にござる」

勝頼が徳姫に挨拶した。

「織田信長のむすめ、徳にございます」

徳姫も素直に応じる。

「もしお父上より、わしの寝首《ねくび》を掻くよう命じられているのなら、いつでもなされよ」

「えっ……」

「わしが妻に寝首を掻かれるようなら、それだけの男ゆえ、生きていたところで武田のためになるまい。そのときは、姫を討たずに恙なく実家《さと》へ帰すよう、家来どもに命じておく。これでよろしいか」

ちょっと腰を折って、勝頼が徳姫の顔をのぞき込む。

徳姫は、思わず身を引き、われ知らず頰《ほお》を赧《あか》めてしまう。

「よろしゅうございます」

返辞をしたそばから、あっ、と両手で口を押さえた。

（お若いのに、四郎どのはなかなかの策士だな）

感心する平助であった。こちらも、さすがに武田信玄の血筋《ちすじ》というべきか。

これで覚悟をきめて嫁いだ徳姫は、勝頼との仲は睦《むつ》まじかったといい、早々に男子（信勝《のぶかつ》）をもうける。だが、産後の肥立《ひだ》ちの悪さから病《やまい》がちとなり、若くしてあっけなく没してしまう。一説には享年十三であったともいうが、定かではない。

「おことはわが妻の命の恩人。婚礼の上席に列《つら》なってくれぬか」

勝頼からそう勧《すす》められた平助だが、固辞した。

「お歴々《れきれき》との同席は苦手にござる」

本音ではない。

誰よりも徳姫の婚礼の席に列なりたかったのは、奈穂であろう。やむをえなかったとはいえ、その奈穂の息の根をとめた者が加わってよい場ではない。

いつのまにか、丹楓が川原へ姿をみせていた。

その耳へ、平助は囁《ささや》いた。

「引き止められてはかなわぬゆえ、乗るぞ」

丹楓も頸を上下させ、承知の返辞とする。

愛馬に手早く鞍をつけ、平助は馬上の人となった。

「魔羅賀平助どの」

歩み寄ってきたのは、徳姫である。

わがまま姫が無言で深々と辞儀《じぎ》をした。

もはや平助にも、徳姫にかけることばはない。

冬晴れの朝に雪が降ってきた。

「おさらば」

当たり前の一言を残して、平助は丹楓の尻をぽんっと叩いた。

川原から往還へ上がった丹楓は、みずから鼻面を左へ向ける。

「そうだな。暖かい土地へ往こう」

風花《かざはな》の舞う中、平助を乗せた丹楓は、伊那街道を南へ走りだした。

えい、えい、おう。

背後で鬨《とき》の声があがった。

勝頼が感謝を示したのだと分かった。

平助は、返礼に、頭上で鎗を大きく旋回してみせる。
信濃の空に、明るいどよめきが響き渡った。

女弁慶《おんなべんけい》と女大名《おんなだいみよう》

一

薄靄《うすもや》が立ち罩《こ》め、石の白さの目立つ河原を、破格の人馬がのんびりと渡っている。

魔羅賀平助と丹楓。

この主従は、れいによって、主たる人が武具・馬具の一切《いっさい》を担《かつ》いでみずからの足を送り、従たる馬は身軽の徒渉《としょう》であった。

冬涸《ふゆが》れのため、流れが幾筋《いくすじ》にも分かれて、洲も無数に見えるが、それにしても広大な河原といえよう。大雨でも降って一筋に束《たば》ねられたら、海のごとくなるのではないか。

徳川《とくがわ》幕府が堤防工事や氾濫原《はんらんげん》の開発を行う以前は、

「あの世、此の世のさかひをも見るほどの大河なり」「河原のおもて一里ばかり」

(『東海道名所記』)

と記された遠江《とおとうみ》・駿河《するが》国境を流れる大井川《おおいがわ》である。

平助は、遠江をあとにして、駿河へ向かっている。

川越《かわごし》人足制度のない時代だから、旅人は自身の判断によって川幅の狭いところや浅瀬を選んで渡るのが当たり前であった。

増水時と違い、涸れているときは徒渉路をあちこちに発見できるので、川渡りの旅人の姿も広い河原に分散する。いまは夜が明けたばかりでもあり、平助のまわりに人影は見あたらない。

背後で水を蹴立《けた》て、石ころを踏む足音が聞こえた。急いでいる。

歩みをとめずに、平助はこうべを回した。

旅装の男がひとり。

胸に細長い布包みを大事そうに抱え、振り返り振り返りしながら走っている。

一目瞭然《いちもくりようぜん》である。何者かに追われて必死で逃げているようだ。

男は、破格の人馬の存在にも気づかないほど、何やら切迫したようすで、平助のそばを駆け抜けてゆく。若く、たよりなさそうな印象だ。

やや後《おく》れて、案の定、追手《おつて》らしき者らが薄靄の中から現れ、かれらもまた平助と丹楓には目もくれず、追い越していった。数えて、五人。いずれも腰に大刀を差している。

（なんとか逃げきれるとよいが……）

事情を知るべくもない平助だが、悪い人間には見えなかった若者のために、そう願う。

願いは、しかし、叶《かな》わなかった。

五十間《けん》ばかり先の枯れ蘆《あし》の洲で、若者は追いつかれ、囲まれた。

「宗太《そうた》。これまでだ」

「塩買坂《しょうかいざか》をおとなしく返せば、命まではとらぬ」

「盗人《ぬすっと》ゆえ、腕は斬り落とすがな」

追手たちは、刀の柄《つか》に手をかける。

「行正《つらただ》どの」

宗太とよばれた若者が、五人のうち最も屈強そうな者に言った。かしらなのであろう。

「わたしは盗んでなどおりませぬ。お師匠さまのお言いつけなのです」

布包みを一層胸へ引き寄せ、宗太は、懸命に恐怖を押し殺して、五人を睨《にら》み返す。

「お言いつけであるのなら、なぜ逃げた」

「お師匠さまはにわかに亡くなられて、短きご臨終の場に居合わせたのはわたしだけにございます。お師匠さまはこの塩買坂ノ血太刀《ちたち》を曳馬《ひくま》の奥方さまに届けよと仰せられました。なれど、わたしがそう申したところで、皆さまは決して信じますまい」

「よう分かっているではないか。汝《うぬ》がような若気《にやけ》を信ぜよというほうが無理だ」

身分ある人の近くに侍《はべ》って男色の対象となった少年を、若気という。尻や肛門の意もあり、にやける、ということばのもとである。

「わたしは若気ではない。あくまで刀鍛冶《かたなかじ》の弟子としてお師匠さまに仕《つか》えてきました」

口惜《くちお》しそうに反駁《はんばく》する宗太であった。

「伊平《いだいら》鍛冶三代行定《つらさだ》の弟子はわれらだ。幼年の四代目が刀工として一人前にお育ちになるまで、師匠家の宝剣を預かりおくのは、われらの使命である」

「皆さまの魂胆は知れております」

宗太の口調が、少し変わった。

「われらの魂胆だと……」

「三河《みかわ》の松平《まつだいら》どのに売るおつもりでしょう」

宗太のその一言に、五人は思わず、互いの顔を見合わせた。図星なのであろう。

「ふん、それが悪いか」

行正は居直った。

すると、余の者らも本性をあらわす。

「そうよ。師匠は厳しいばかりで、われらは何ひとつよきことがなかった」

「数打《かずうち》もさせてもらえぬのでは、儲《もう》からぬわ」

数打とは、刀や鑓《やり》などの規格品を大量生産することをいう。当然ながら粗悪品しかできないが、戦国期には飛ぶように売れた。

「皆さまは、そういうお心だから、お師匠さまのように見事な刀をお作りになれなかったと省《かえり》みるべきにございます」

「問答は終わりだ。塩買坂を寄越せ」

「わたしの命に代えても渡しませぬ」

「では、望みどおり、汝の命も奪ってやる」

五人は一斉に大刀を抜いた。

対する宗太は、無腰である。布包みを解《と》いて、中の太刀を使えばよさそうなものだが、それは大事に抱えるばかりであった。まさしく、命に代えての必死さである。

「伊平鍛冶の衆」

呼ばわる声に、宗太も五人も視線を振ると、間近《まぢか》に、総髪を後頭で無造作《むぞうさ》に束ねた巨軀《きょく》の男と、見たこともないような巨大な馬がいたので、一様にびくっとした。

「お手前《てまえ》らがあまりに大声で怒鳴り合《お》うているので、聞く気はなくとも、耳に入ってしもうた。どうも正義はその若い御仁《ごじん》にあるようだ。五人の方々は引き下がられよ」

お節介とは思いつつも、仲裁に入ってしまう平助である。

「関わりなき者が要《い》らざる口出しをするな。おぬしこそ引き下がれ」

ひとりが出てきて、刀の切《き》っ先《さき》を、平助の鼻先へ上げた。

「相撲をとってはいかがかな。それで勝ったほうの望みどおりにする」

「引き下がれと申したのだ」

その者が、一歩踏み出して、切っ先をさらに平助へ近づける。

躰《からだ》を寄せた平助は、足払いをかけながら、刀を奪い取り、倒した対手《あいて》の眉間《みけん》へ切っ先をぴたりとあてている。瞬息《しゅんそく》の技であった。

「それがしは、ことばを用いた。なれど、お手前らが刀で応じるのなら、こちらもさようにいたすが、いかに」

と平助は行正を見た。

行正も倒された者も他の三人も、仲裁人のあまりの鮮やかな手並みに、ごくりと生唾《なまつば》を呑《の》み込んだ。

「それとも、若気と罵《ののし》っておきながら、まことはその若い御仁を恐れているのでは」

「こんなやつを恐れるものか」

煽《あお》られて行正がその気になったと察知した平助は、こんどは宗太をじろりと睨んだ。

「宗太どのと申すか」

「はい」

宗太の声がふるえる。

「異存あるまいな」

「ご……ございませぬ」

弱々しいが気丈にも応諾《おうだく》した若者に、

(気持ちは勝《まさ》っている)

平助は内心、微笑んだ。

「お聞きのとおり、宗太どののほうは相撲で結着《けっちゃく》をつけたいと」

「望むところだ」

行正が、刀を鞘《さや》に収め、余の者へ渡した。

誰も制止しないのには、理由がありそうではないか。

「仲裁人はよき結着のつけかたを思いついてくれたわ。刀工になる前、勧進《かんじん》相撲で食うていたおれには、願ってもないことよ」

そう言って平助を見やった行正は、その不安の表情に満足して、にやりとした。

「それは預かろう」

平助は、宗太へ歩み寄ると、布包みの太刀を受け取りながら、耳許《みみもと》で口早に囁《ささや》いた。

「馬が斬《いなな》いたら、対手の片方の足にしがみついて押せ」

それから、行正と宗太を対《むか》い合わせて、その間に行司役《ぎょうじ》として立ち、両者に立合《たちあ》いの構えをとらせた。

余裕綽々《しゃくしゃく》の行正と、悲壮な覚悟の宗太の視線が絡《から》み合う。

「ハッキヨイ」

闘《たたか》いを促《うなが》す懸《か》け声が、平助の口から発せられた。

相撲行司の懸け声は、平安時代の早競へ、すなわちハヤキホへに始まり、次にハッキヨイ、転じて後世のハッケヨイとなったといわれる。

自信のある行正は、踏み込まずに腰を落として、対手の跳《と》び込みを待った。

だが、宗太も、跳び込まず、ぱっと退《さ》がった。

その間、平助は、誰にも気づかれることなく、丹楓へ合図を送っている。

丹楓が、動いて、行正の真後ろへ回り込んだかとみるまに、魂消《たまげ》るような高い嘶きを放って棹立った。

さすがに行正も、首を竦めながら、視線を後ろへ振ってしまう。その機をあやまたずに捉えた宗太が、低い姿勢で跳び込み、行正の右足にしがみついて、おのれの全体重をかけて押した。

「あっ……」

右足の浮き上がった行正は、左足だけでは自身の重さと宗太のそれを踏ん張って支えることは叶わず、腰から無様《ぶざま》に後ろへ落ちた。

「勝負あり」

平助の右手が、宗太の側に上げられた。

実は平助は、最初に行正の躰つきを見たときから、昔は力士であったのではないかと看破《かんぱ》し、あえて相撲勝負を提案した。宗太が対手なら赤子《あかご》の手をひねるも同然、と慢心を湧かせるに違いないからである。行正から勧進相撲の力士だったと明かされて、まずいという顔をしてみせたのも、さらなる油断を誘うためであった。

「いまのは馬が威《おど》かしたせいではないか」

「そうだ」

「勝負なしだ」

「取り直しだ」

余の四人が猛然と抗議するや、

「見苦しい」

と平助は一喝《いっかつ》した。

「馬のにわかの断きに心を乱されたのは、そちらだけ。宗太どののほうが胆《きも》が据《す》わっていたということだ。それでも納得がゆかぬと言われては、仲裁人のそれがしは恥をかかされたことになる。さようなれば、本意でなくとも、刀で恥を雪《すす》ぐほかなし」

背負いの大太刀《おおだち》、志津三郎の柄に平助は手をかけた。

恐れて、四人は腰を引く。

立ち上がった行正も、口惜しそうだが、早くもあとずさり始める。最初に見せつけられた手並みは、かれらの目に焼き付いているのである。

「汝は、何者だ。名乗れ」

行正が、肝心のことをようやく訊《き》く。

「魔羅賀平助」

名乗りに、一瞬、場が凍りついた。

「じ……陣借り、平助」

行正らの鍛冶場がある伊平は、今川《いまがわ》氏の領国の遠江の内なので、今川義元《よしもと》が桶狭間《おけはざま》で織田信長《おだのぶなが》に討たれたとき、義元の旗本を突き崩したという天下無双の陣借り者、魔羅賀平助の武名はつとに聞き及んでいる。

「お手前らが恨《うら》みを含まれたのなら、いつでもお対手いたす。だが、そのときは、仲裁ではなく、それがしに直《じか》に関わることゆえ、斬り捨てる」

行正以下の五人は、怖気《おぞけ》をふるった。

ひとりが悲鳴をあげて遠江側へ向かって逃げだした途端、残りも慌《あわ》ててつづいた。

いつのまにか、宗太は枯れ蘆に平伏していた。

「ご武名隠れなき魔羅賀平助さまにお助けいただけたとは、なんという冥加《みょうが》にございましょう。まことにありがとう存じます」

「さようなことをせずともよい」

平助は、腰を屈《かが》めると、宗太の肩に手を添えて立ち上がらせた。

「おことの勇気が、あの力士くずれを倒したのだ。それがしは何もしておらぬ」

と言って、布包みの太刀を返す。

「魔羅賀さま……。この御恩は終生、忘れませぬ」

眼《まなこ》を潤《うる》ませ、眩《まぶ》しげな視線をあててくる宗太に、平助は照れて頭をぽりぽりと掻《か》いた。

二

宗太の目的地は、駿河国の府中《ふちゅう》であるという。今川氏の本拠だ。

暖地《だんち》というだけで東海地方へやってきた平助は、どこをめざすというあてはないので、とりあえず駿府《すんぷ》まで同道することにした。

大井川を渡れば駿河嶋田《しまだ》。そこから駿府までおよそ七里半の道程である。

道々、宗太が、行正らとあのような剣呑《けんのん》な仕儀《しぎ》に至った子細《しさい》を語った。

「遠江では、伊平鍛冶と高天神《たかてんじん》鍛冶が知られておりますが、初代行定とわが師の三代行定は伊平鍛冶でも名人と称《たた》えられた刀工にございます……」

塩買坂ノ血太刀というのは、初代行定が作り、遠江曳馬城主・飯尾長連《いいおながつら》の腰に佩《は》かれた刃渡り三尺五寸の剛刀《ごうとう》である。

もとより、最初からそういう太刀名は付けられていない。今川義元の祖父で駿河守護であった義忠《よしただ》が、応仁《おうにん》・文明《ぶんめい》の大乱のさなか、遠江の塩買坂（塩貝坂とも）で敵に討たれたとき、随従していた飯尾長連は、初代行定の太刀をふるって壮絶な最期を遂げた。二十人余りを斬った太刀は、血で真っ赤に塗り込められたのに、刃こぼれひとつしなかったという。その後、初代行定のもとへ戻ってきたこの太刀は、塩買坂ノ血太刀と命名され、伊平鍛冶行定派の宝剣となった。

曳馬城主は、長連の後、賢連《かたつら》、乗連《のりつら》とつづき、いまは豊前守連龍《ぶぜんのかみつらたつ》の代である。三代行定のむすめの幸《みゆき》が、この連龍の正室となった。

刀工のむすめが、城持ち武将の側妾《そくしょう》ならばともかく、正室になるというのは、いかに戦乱の世とはいえ異例である。

「幸さまは、ご幼少のころ、お父上とともに伊平を訪れた若き豊前守さまに恋をし、長じて、ひとり、曳馬城へ乗り込まれたのでございます」

乗り込んで、幸は連龍に腕相撲の勝負を挑んだ。

「わたくしが負ければ、首を刎《は》ねられませ。なれど、わたくしが勝ちましたときは、豊前守さまの妻にしていただきとう存じます。幸さまはさように仰せられたと伝え聞いております」

幸は女としては大柄だが、大兵《だいひょう》で力自慢の連龍からみれば、なにほどのこともない。面白がった連龍は、わざと勝負を長引かせてから負かし、城で下女《げじょ》として使ってやろう、ぐらいの軽い気持ちで、幸の申し出を受けた。

「勝負は赤子の手をひねるがごときであったとか」

　想像を絶する腕力の前に、瞬時で負かされた連龍は、勝ったのに顔を真っ赤にして俯《うつむ》いてしまった幸を、たまらなく可愛いと思い、神仏のお導きであると感じた。

「その場で、豊前守さまは仰せられたそうにございます。そなたをわが正室といたす、と」

　以来、連龍と幸は誰もがうらやむ仲睦《なかむつ》まじい夫婦となり、幸は家臣や城下の民から親しみをこめて、

「女弁慶《おんなべんけい》」

　という異名を奉《たてまつ》られた。

　尋常でないのは、腕力ばかりではなく、武芸も同様という幸は、この乱世で何が起ころうと、武人の妻として必ず連龍を守ると思いきめ、父である三代行定に、塩買坂ノ血太刀を所望《しょもう》した。二十人余り斬っても刃こぼれしなかったという名刀を、連龍の守り刀にしたいのであった。

　もともと初代行定が連龍の曾祖父長連の佩刀《はいとう》として作ったものではあるが、いまは行定派の宝剣であり、三代行定も刀工として手本にもしてきた太刀なので、むすめの頼みでも易々《やすやす》とは譲れなかった。

ところが、ちかごろ、弟子の行正らの不穏《ふおん》の動きを察知した三代行定は、臨終の場に至ってついに、愛弟子《まなでし》の宗太へ、塩買坂ノ血太刀を幸へ届けるようにと遺言したのである。

幸はいま、駿府城二ノ丸内の飯尾邸に暮らす。今川氏に服属する武将は妻子や親族を人質として駿府へ差し出している。

「いくさで親兄弟も家も失った浮牢児《ふろうじ》のわたしを今日まで育てて下さったのが、お師匠さまにございます。ですから、最後のお言いつけを必ず成し遂げるのが、せめてもの御恩返し。わたしは命を奪われ、屍《しかばね》となっても、この太刀を必ず幸さまのもとへ届けねばならないのでございます」

そう宗太は、話を結んだ。

それで平助も、行正ら五人と対したときにみせた宗太の気持ちの強さが、どこからきたものか納得できた。

「魔羅賀さま。駿府城へ着きましたら、ぜひ幸さまにお会いになって下さい。幸さまも大層お悦《よろこ》びになられるに相違ございませぬ」

「そうだな……」

ちょっと平助はことばを濁《にご》した。

嶋田から藤枝《ふじえだ》、岡部《おかべ》、鞠子《まりこ》とつないで、駿府に到着したとき、日脚《ひあし》の短い冬ながら、まだ日暮れには間《ま》があった。宗太のために、平助もいささか急ぎ足で歩いたからであろう。

（駿府は変わった……）

と平助は感じた。

もともと今川氏が早くから京文化を取り入れ、経済も金山開発で安定していたせいか、駿府というのは、他の戦国大名の本拠とは異なり、人心はおおむね鷹揚《おうよう》で、町並みもどこかのんびりとした風情《ふぜい》を漂わせて久しかった。いわば、東海の小京都である。

平助も、今川義元の存命中に訪れたさいは、常に戦乱の巷《ちまた》である京よりも京らしいと思ったものだ。

その風情は、桶狭間合戦をさかいに一変したというほかない。

義元の家督《かとく》を嗣《つ》いだ氏真《うじざね》が、得意なのは蹴鞠《けまり》だけで、戦国武将としてはひ弱すぎるため、いまや今川は、甲斐武田《かいたけだ》、三河松平という両雄の圧迫に戦々恐々の日々を送っている。

それは、言うまでもなく領民の人心に影響するから、駿府城下の人々も不安を拭《ぬぐ》えなかったり、殺伐《さつばつ》の気を抱くなどしてしまう。早くも逃げ出す者がいれば、逆にいくさの匂いを嗅《か》ぎつけて寄ってくる輩《やから》も跡《あと》を絶《た》たない。

もはや、いまの駿府を、小京都とよぶのは買い被《かぶ》りといえようか。

駿府城の大手道の近くまできたところで、平助は言った。

「宗太どの。それがし、ここでおさらばいたす」

途端に、宗太は泣きそうになる。

「なにゆえにございます。幸さまに会《お》うてはいただけぬのですか」

「すまぬな。にわかに宮前町《みやのさきちょう》へ行きたくなったのだ」

「宮前町というのは」

遠州《えんしゅう》者の宗太の知るところではない。

「あまたの遊び女《め》がいる町だ」

「さようなところに、どんなご用がおありなのでございましょう」

「何用かと訊かれてもなあ……」

平助は頭を掻いてから、

「つまりな」

自身の股間《こかん》に手を伸ばし、ちょっと持ち上げてみせた。

それでようやく、宗太も察した。

「魔羅賀さま……なにもいまお行きにならずともよろしいのでは」

「宗太どのには分からぬであろうが、それがしのように風の向くまま気の向くままに生きる者は、何か思い立つと、すぐにそれをしたくなって、矢も盾《たて》もたまらなくなるものなのだ。このまま飯尾屋敷を訪《たず》ねたら、豊前守どのの奥方をぎらついた目で見てしまうやもしれぬぞ。それでもよいか」

これには宗太も、慌てて両手を突き出して振った。

「そ、それはなりませぬ。断じて、なりませぬ」

「であろう。やはり、ここで別れるのがよい」

「ご用がお済みになられたら、飯尾屋敷をお訪ね下さい。必ず、必ず」

「申したとおりの風来坊《ふうらいぼう》ゆえ、約束はできないな。おさらば、宗太どの」

にこっと笑いかけてから、平助は背を向け、そのまま手だけ振りながら、宗太から離れてゆく。

宮前町へ行くと言ったのは方便にすぎない。腕相撲の強さで城主夫人になった女弁慶には惹《ひ》かれるものの、今川に陣借りするわけでもない自分が駿府城へ入るのは好ましいことではない、と平助は思ったのである。

かつて駿河・遠江・三河の三国を領した今川氏も、いまや三河は松平家康《いえやす》に奪われ、遠江にもその家康と甲斐の武田信玄《しんげん》の調略の手が伸びてきて、東海の太守《たいしゅ》には程遠い没落ぶりである。それもすべて、桶狭間合戦で義元が織田信長に首を授けたからにほかならぬ。そして、義元の精鋭の旗本衆から戦意を奪う凄絶《せいぜつ》の剣技をみせたのが、平助であった。

合戦の勝ち負けは武門のならいゆえ、恨みを遺《のこ》すべきでないとはいえ、それでも陣借り平助を快く思わぬ者は少なからずいるであろう。桶狭間で大打撃を受けた今川氏の居城たる駿府城の内ともなれば、なおさらではあるまいか。

平助自身は、それでもどうということはないものの、幸と宗太にまで迷惑が及んではいけない。

最初に宗太から、駿府で幸に会ってほしいと懇願されたとき、返辞を濁したのも、それがためであった。

そして、現実に平助は、駿府城下に入って以後、いちど殺気を感じている。桶狭間合戦に参加した今川家臣で、陣借り平助を見忘れていない者が放った殺気なら、うなずけるというものだ。

それに、宗太の話では、いま飯尾家自体の立場も微妙であるという。

以前、曳馬の近くの飯田《いいだ》で今川と松平の合戦が行われたとき、飯尾連龍は松平方に通じ、それが発覚すると、今川氏真に詫《わ》びを入れて赦免《しやめん》されている。

連龍にすれば、三河と国境を接する西遠江の要《かなめ》たる曳馬を城地とするだけに、松平勢とは常に真っ先に激突しなければならず、この先の飯尾家の疲弊《ひへい》は必至《ひつし》である。義元に比して凡庸《ぼんよう》な氏真より、勢いのある松平家康を選んだのは非難されるべきことではない。乱世で生き残るためには、ひとり連龍に限らず、こうしたことは当たり前であって、無節操とか裏切りといったことばで表現するのは、分かりやすいが、しかし、本来は的を射ていないのである。

その後も、連龍は松平方へ心を傾けたものの、さきごろ氏真の要請で、連龍の姉婿《あねむこ》の二俣《ふたまた》城主・松井左衛門《まついさえもん》が両者の和解を斡旋《あつせん》した。近日中に氏真が連龍を駿府に招《よ》んで、和解の茶会を開くらしい、と宗太は語っていた。

「さて……」

平助は、ちょっと立ちどまって、城下町を眺《なが》めやる。

駿府城は、市街地の北東の外れにある。鬼門にあたる艮《うしとら》の方角だから、あるいは今川氏は、駿府の町、すなわち小京都を守るという意識で、そこに築城したのかもしれない。

実際、町づくりも、鴨川《かもがわ》に見立てたと思われる安倍川《あべかわ》が市中を南北に貫《つらぬ》くようにしてあり、中心部はやはり京と同じく碁盤《ごばん》目《め》状に区画されている。

しかし平助は、駿府城を離れると、市中へは向かわず、安倍川の支流に沿って、さらに北東へと歩を進めた。

人の往来の少ない道である。もし襲撃の機会を窺《うかが》う者がいるのなら、かっこうの場であろう。そう考えて、この道を選んだ。

「ひと休みするか」

愛馬に声をかけて、平助は、ひっ担いでいる武具・馬具を下ろし、自身も路傍《ろぼう》に腰を下ろした。

丹楓は、草を食《は》み始める。

日当たりのよい山裾《やますそ》である。傍《かたわ》らの木の枝に、ぽつりぽつりと咲き始めている白い可憐な花に、平助は目を細めた。

早咲きの梅である。

やはり駿河は暖かい土地なのだな、とあらためて感じた。

しばらく待ったが、何も起こらなかった。尾行、待ち伏せ、いずれの気配もいっこうに感じられない。

腰を上げようとすると、おずおずと近づいてくる子らがいた。少女と、たぶんその弟らしき男の子で、手をつないでいる。

「やあ」

平助は、先に声をかけて、笑顔を見せた。

それで子らが安心して寄ってきた。

彫りが深く、大きな眼と高い鼻をもつせいか、動かすと感情が豊かに溢《あふ》れて、とくに笑顔は接する者を魅了してしまうのが、魔羅賀平助なのである。

「おなか、すいてるの」

と少女に訊かれた。

「そんなふうに見えたかなあ」

平助は頭を掻く。

どうやら少女は、馬と武具・馬具を持ちながら、路傍に腰を下ろして、ぼんやりと花など眺めている大男を、行き場もなく、腹をへらした可哀相な牢人者《ろうにんもの》とみたのであろう。あながち間違いではないが。

「まあ、おなかはいつもすいているな」

平助がそう言うと、男の子が口を挟《はさ》んだ。

「おおきすぎるからだよ」

平助の巨軀への非難である。

少女が、慌てて、男の子の口をおさえた。

「あはは。そうだな、それがしは大きすぎる。坊《ぼう》のように小さくなりたいものだ」

躰を縮《ちぢ》こまらせてみせる平助であった。

「龍雲寺なら食べ物をもらえると思うのじゃけれど……」

と少女が言った。

「りゅううんじ。龍《りゅう》の雲《くも》かな」

「そうじゃ。おやさしい尼《あま》さまのいるお寺じゃぞ」

「そうか、尼さまか」

「あのへんを右に折れると、参道に行き着く」

「ありがとう。では、訪ねてみよう」

「はらがへってはいくさはできぬ」

また男の子が要らざることを言って、こんどは口を少女の手にきつく塞《ふさ》がれた。

「坊はかしこい。そのとおりだ」

それから平助は、このあたりが何という土地か少女に訊《たず》ね、くつのやと知った。

口を塞がれたままの男の子が、もがきながら、丹楓の馬沓《うまぐつ》を指さしたではないか。

「なるほど、くつのやのくつは馬沓の沓なのだな。ほんとうに坊はかしこい」

また褒《ほ》めてやると、男の子は胸を反《そ》らせた。

沓谷と表すのであろう。

この姉弟は近在の農民の子らとみえるが、それでもいささかの学があるのは、さすが天下有数の文人大名家の本国というべきか。

「おいで」

姉がついに、弟の腕を強く引っ張って、駿府のほうへ歩き去っていった。

平助は、愛らしい二つの後ろ姿をしばし見送ってから、腰を上げ、さらに駿府より遠ざかって歩きだした。

少女が指し示したところは、近い。

たしかに右へ折れる道があった。

道は、低く穏やかな稜線《りょうせん》の山へ向かっている。

そろそろ、今夜の塒《ねぐら》を見つけなければならない。

（あの子らの親切を無下《むげ》にはできまい）

それに、少女の言ったおやさしい尼さまというのは、美しいひとやもしれぬ。龍雲寺に一宿《いっしゅく》を乞《こ》うことにしよう、と思いきめた平助である。

山に向かって歩きだすと、たちまち、あたりは光を失って、薄暗くなりはじめた。冬の落日は早い。

常人ならば物の見えにくい頃合《ころあ》いだが、夜目《よめ》の利《き》く平助には苦にならない。

実は、丹楓にも夜目の節《ふし》がある。

馬の前肢の膝上の内側にある白い節状のものを、夜目の節、あるいは単に夜目ともいう。これをもつ馬は夜間でもよく走るというのは、たぶん俗説にすぎぬであろうが、丹楓は俗説どおりの働きができる。

つまり、魔羅賀平助と丹楓は、闇の中でも昼のごとく闘える人馬であった。

ほどなく、両側を木立に囲まれた石畳《いしだたみ》の道へ入った。参道なのであろう、掃除が行き届いている。

丹楓が、みずから脚をとめ、平頸《ひらくび》を立て、両耳も立てた。それから、前肢をちょっと上げ、わずかに鼻息を荒くした。不穏の気配をおぼえたのである。

平助も感じている。

一方の木立の中に、低いが、こんもりと盛り上がるものを見つけた。人が倒れている。

三

武具・馬具を下ろして、木立の中へ足早に踏み入った平助は、その人を抱き起こし、鼻口の前に手をあてた。息をしている。血も匂わない。

傍らに箒《ほうき》が落ちている。どうやら寺男《てらおとこ》のようだ。

頰《ほお》を強く張って、正気づかせた。

「ひいっ、命ばかりはお助けを」

寺男は、悲鳴をあげて、頭を抱えた。

「思い違いするな。何者かに当て落とされたようだが、それがしはその何者かとは関わりない」

「あ、あなたさまは、どなたで」

「誰でもよい。それより、何があった」

「賊にございます。賊が……」

まだ混乱のおさまらない寺男だが、ようやく、あっ、と何か思いついた。

「御前《ごぜ》さまが危のうございます」

「それは、この龍雲寺の尼どののことか」

「はい。尼御前《あまごぜ》さまにございます」

「賊は幾人か」

「分かりませぬ。いきなり撲《う》たれたのでございます」

「こうしたとき、寺社をつかさどる奉行《ぶぎょう》か誰ぞのところに報《しら》せるのであろう」

「御前さまのことは、お城に」

「ならば、すぐに城へ報せに往《ゆ》け」

「あなたさまは、いかがなさるので」

「賊はまだ寺内にいるようだ。それがしが片づけておく」

「えっ……」

「早《はよ》う往け」

平助は、寺男を急《せ》き立ててから、丹楓のもとへ戻ると、鳩胸胴《はとむねどう》と角栄螺《つのさざえ》の兜《かぶと》を手早く着け、愛馬の背に鞍《くら》を置いて跨《また》がった。

「やはり、あなたさまのお名を」

木立から参道へ出てきた寺男が、いったん走り去りかけたが、戻ってきて、なかばおどおどしながら訊ねた。

「魔羅賀平助」

言い捨てて、平助は馬腹《ばふく》を軽く蹴った。

夜目の節をもつ丹楓が、薄闇の中を、逡巡《しゅんじゅん》することなく勢いよく走りだす。

参道は、石畳から石段になった。が、丹楓にはさしたる障《さわ》りではない。一挙に駆け昇った。

大きな寺ではないようだ。物音のするところは、すぐに分かった。

馬沓の音を響かせながら向かう。

地に幾人も倒れているが、さきほどの寺男と同様、血臭《けつしゅう》は漂ってこない。

平助と丹楓が庭へ回り込むと、明かりの見える屋内から十五、六人が繰り出されてきた。いずれも、頭巾《ずきん》で面体《めんてい》を隠した武士である。

下馬《げば》した平助は、得意の傘鎗《かさやり》の笠《かさ》を外し、鎗の穂先《ほさき》を露《あら》わにしようとして、しかし、思いとどまった。どの武士も刀の背《みね》を返しているのが見てとれたからである。

（この賊たちは人殺しではないようだ）

笠を閉じたままの傘鎗を縦横にふるい、あっという間に五人を気絶せしめた。賊たちがたじろぐ。

「歴《れき》とした武家の方々と見受ける」

平助は大音《だいおん》を発した。

「子細はそれがしの知るところではないが、尼の住む寺へ乱入いたすのはいかがなものか。このうえ何か不穏の行いをされるなら、兇賊《きょうぞく》とみなし、こちらは刃《やいば》をもって応戦いたす。早々にお引き取りなさるが、御身《おんみ》らのためにござろう」

瞬時に五人を倒したとはいえ、わずか一騎で乗り込んできて、かくまでの大言《たいげん》を吐く者に、賊たちは怒りを湧かせたのか、一斉に刀の背を戻した。

「皆、待て」

屋内から縁《えん》に出てきた者が、庭の武士らを制しておいて、平助に言った。

「おぬし、今川の者ではないな」

平助も応じる。

「天下流浪《るろう》の者にてござる」

「名は」

「魔羅賀平助と申す」

賊たちが動揺する気配を、平助は感じた。

「われらも不運なことだ。ここで陣借り平助に出遭《であ》うとは」

かしらであるらしいその武士の決断は早かった。

「引け」

下知するや、真っ先に引き上げ始める。

賊たちの動きは迅速であった。平助に失神させられた五人を皆で担いで、走り去ってゆく。

賊は、平助の戦闘における強さを、風聞ではなく、過去に目《ま》の当たりにしていると思われる。それでなければ、まだまだ人数で優《まさ》るのに、名を聞いただけで、撤退を躊躇《ためら》いなく選んだりしないであろう。平助が陣借りした武将の、もしくは、平助に兵を討たれた武将の、いずれかの家臣かもしれない。もっとも、それでも数が多すぎて見当はつかないが。

平助は、庭先から縁まで歩み寄った。

建物は木の香《か》が強く匂う。建てられて間もない寺なのであろう。

奥から、手燭《てしょく》を灯《とも》したひとが、ひとり、静々と姿を現す。尼である。

「危ういところをお助けいただき、まことにかたじけないことにございました」

尼は、縁に座して、丁重に頭を下げた。

老齢とみえるが、ふくよかで、品のよい面差《おもざ》しで、あの少女が評したように、やさしげでもある。

「ご無事で何より」

そこへ、難を避《さ》けていたらしい小者《こもの》たちが恐る恐るやってきた。

平助は、寺内のあちこちに人が倒れていることを告げ、中へ運ぶように言った。すると、かれらは顔を見合わせ、ふるえる。

「死人《しびと》ではない。皆、当て落とされているだけにござる」

それで安堵《あんど》した小者らは、尼に向かって深く頭を下げてから、離れていく。

平助は、参道に倒れていた寺男を正気づかせて城へ急報させた、と尼に明かした。

「危急の折りに、さまで行き届いたご配慮がおできになるとは、さすがに陣借り平助どの。仁兵衛《にへえ》には、お名を明かされたのでございますか」

平助が駿府城へ走らせた寺男は、仁兵衛という者らしい。

「名乗りはいたしたが……」

「では、あの者もさぞ驚いたことにございましょう」

「さあ、それは……」

なぜ尼がそんなことを気にするのか、少し訝《いぶか》られた。

それと察したのか、尼が言った。

「駿河は今川の本貫地《ほんがんち》にございます。桶狭間合戦でさいごに織田方に勝利をもたらしたまことの殊勲者《しゅくんしゃ》が誰であるか、婦女子でも存じております」

「それは、なんとも……」

平助には具合の悪いことである。

「わたくしの子もあのいくさで討死《うちじに》いたしました。なれど、いくさに勝ち負けがあるのは、致し方なきことにございます」

桶狭間合戦における今川方の死者は、三千人といわれたが、武士だけを数えれば、五、六百人であったろう。尼の子もそのうちのひとりに違いない。

「どうぞお上がりになって、茶など召されませ」

「かたじけない。なれど、それがしは……」

「お気遣《きづか》いはご無用。桶狭間は桶狭間にございます。いまのあなたさまは、わたくしの命の恩人。このままお帰しするわけにはまいりませぬ」

「されば、一服《いっぷく》だけ」

尼に押し切られる形で、平助は上がった。

尼がみずから手燭で足許《あしもと》を照らしてくれて、奥の間へすすんだ。

明かり障子や欄間《らんま》や柱や天井など、風雅の趣《おもむき》をもつ座敷であった。これも駿府の京《みやこ》ぶりであろうか。

風炉《ふうろ》の炭火《すみび》と、釜の湯の湯気で、暖《だん》がとれる。

尼は、手燭の火を、二基の短檠《たんけい》に移す。

平助は、傘鎗を隅に立てかけると、兜も鎧《よろい》も脱ぎ、太刀を腰の右側に置いて、くつろいで座し、尼が茶を点《た》てるのを待った。

尼の無駄のない流れるような所作《しょさ》に、ちょっと見とれた。茶筅《ちゃせん》を回す音が耳に心地よい。

「お働きになって喉《のど》が渇いておられましょう。温《ぬる》めの薄茶《うすちゃ》にございますゆえ、ひと息に呑み干《ほ》されませ」

と尼より差し出された茶碗を、平助は手にとり、言われたままひと息に呑み干した。

躰の欲していたものを入れたことが、よく分かった。体内から手足の先まで潤《うるお》っていく。

「旨《うも》うござる」

「それはようございました」

空になった茶碗を引き取った尼は、こんどは別の茶碗にもう一服、点て始める。

一服だけで辞すつもりの平助であったが、躰が二服目を欲しており、腰を上げかねた。

「熱めの濃茶《こいちゃ》にございます。こんどは、ゆるゆるとお呑み下されませ」

また尼に言われるままに、まずはゆっくり一口、含んだ。

熱く、たしかに濃い味である。しかし、身も心も落ちついてゆく。

「魔羅賀どのはお訊ねになりませぬな」

尼が微笑んだ。

いまこの寺で起こった一件について、なぜ平助は何も訊ねないのか、ということであろう。

「明日はどこにいるとも知れぬ流浪の陣借り者に、明かしてはなりますまい」

と平助はこたえて、また一口、呑んだ。実際、知りたいとも思っていない。

「数多《あまた》の武将があなたさまを召し抱えたがっていると聞いておりますが、その理由《わけ》が
いま分かったような気がいたします」

「風聞は人から人へ伝わるうちに、事実とはかけはなれてゆくもの。それがしのことも、大仰《おおぎょう》な買い被りにござる」

「賊は武田の者らにございます」

唐突に、尼が明かした。

「尼どの。それは……」

戸惑う平助である。

「いいえ。あなたさまに話しとうなったのでございます。どうかお聞き下されませ」

尼が畳につきそうなほど頭を下げるので、平助は仕方なく承知した。

「語り終えられたあとは、尼どのは何も語らなかった、それがしも何も聞かなかった。それでようござるな」

馬の嘶きが聞こえた。丹楓である。

仁兵衛の急報をうけた駿府城の者らが馳《は》せつけたのであろう、と平助は察した。

「ありがとう存じます」

尼が頭を上げてゆく。

その動きがあまりに緩慢すぎるので、平助は、尼の身に何か起こったのかと案じ、

「いかがなされた」

手を差し伸べようと、腰を上げた。

その腰が砕《くだ》けてしまう。

身に何か起こったのは、平助のほうである。

尼の姿が二重になった。

周囲で物音が起こる。

横たえてある志津三郎の栗形《くりがた》を摑《つか》んだものの、力が湧かず、すぐに引き寄せられない。立ち上がることもできぬ。

周りの仕切り戸が一斉に開けられた。

鎧武者と兵が押し寄せている。

尼が寄ってきて、顔を近づけた。

「桶狭間で討たれたわが子は、今川治部大輔《じぶのたいふ》義元じゃ」

飛んできた老尼《ろうに》の平手打ちを避《よ》けきれず、平助の頰が高く鳴った。

（そうか、寿桂尼《じゅけいに》であったのか……）

おのれの不覚とは思わない平助である。うまく騙《だま》すものだなあと感心しながら、気を失った。

ホウ、ホウ……。

どこかで梟《ふくろう》が鳴いている。

四

応仁・文明の大乱以後、荘園《しょうえん》が侵略されて、経済的に困窮をきわめた京の公家《くげ》たちは、地方の有力大名に息女《そくじょ》を嫁《とつ》がせたり、逆に武将のむすめを娶《めと》るなどして、生活の安定をはかった。

戦国大名の中でも、今川氏は公家衆にとって格別といってよい。名門足利《あしかが》氏の一族で、早くから文人大名としても知られていたことや、領国の駿河が気候温暖であり、駿府城も城というより京風の館《やかた》の趣なので、かれらの過ごしやすい環境が揃っていた。

万事に京ぶりを好んだ義元の父氏親《うじちか》が、姉を正親町三条実望《おおぎまちさんじょうさねもち》に嫁がせ、自身は権大納言《ごんのだいなごん》・中御門宣胤《なかみかどのぶたね》のむすめを正室に迎えたことで、今川氏を頼って京から下ってくる公家が引きも切らず、以来、駿府は小京都の様相を呈することとなったのである。

中御門宣胤のむすめというのが、今川義元の生母で、後世に女戦国大名として知られる寿桂尼であった。

女戦国大名とよばれる所以《ゆえん》は、今川氏当主の代理として、文書を発給し、「歸《とつぐ》」という独自の印判も捺《お》していることが、史実にみえるからである。きわめて稀有《けう》な例というほかない。

氏親が中風を患《わずら》った晩年より、寿桂尼は政務を代行し始めた。このことに家臣から反対の声が上がらなかったのは、すでに駿府では侮《あなど》れないものとなっていた公家勢力の後押しと、寿桂尼自身の器量を認められたものであろう。

氏親が没したとき、髪を下ろし、亡夫の菩提《ぼだい》を弔《とむら》う日々に入ろうとした寿桂尼であったが、後継者の氏輝《うじてる》はいまだ年少の身で、蒲柳《ほりゅう》の質でもあったので、ひきつづき当主の輔佐《ほさ》役をつとめなければならなかった。駿府の尼御台《あまみだい》の誕生である。

その氏輝も若くして逝《ゆ》き、今川氏に内訌《ないこう》が起こった。どちらも僧籍《そうせき》にあった氏輝の弟、すなわち栴岳承芳《せんがくしょうほう》と玄広恵探《げんこうえたん》による家督争いである。

承芳が寿桂尼の子で、恵探は妾腹《しょうふく》の子であった。

このときの寿桂尼の動きこそが、女戦国大名とよばれるに相応《ふさわ》しいといえよう。

当時、寿桂尼はすでに、今川氏重臣の子である禅僧、太原崇孚《たいげんそうふ》を見込んで、承芳の養育係をさせていた。のちの戦国有数の軍師、雪斎《せっさい》である。

太原崇孚の助言を得た寿桂尼は、京との太いつながりを活用し、恵探派に先んじて、承芳を今川の家督と公認する足利将軍家の御内書《ごないしょ》をとりつけた。この御内書を手に、単身、恵探の擁立者《ようりつ》である福島越前守《くしまえちぜんのかみ》のもとへ乗り込み、和議を申し入れる。

しかし、承服しかねた越前守に人質にされてしまい、ここに両派は戦端を開く。

実は、開戦は寿桂尼の望むところであった。将軍家御内書を奉じた前当主の母が人質にとられたとなれば、大義は承芳派にあり、恵探派を謀叛《むほん》人とみなして堂々と討つことができる。

駿河国内を二分した、世に言う花蔵《はなくら》(倉)の乱は、恵探の自刃《じじん》によって結着した。

甲斐へ逃れた越前守も、武田信虎《のぶとら》に殺される。

晴れて家督者となった承芳は、還俗《げんぞく》し、名乗りを今川義元とする。

花蔵の乱以後、寿桂尼は表舞台から退《しりぞ》いた。義元と雪斎による体制は盤石《ばんじゃく》で、口出しする必要はまったくなかったからである。

やがて雪斎が歿《ぼっ》し、その五年後には義元も桶狭間で討たれると、義元の遺児で跡継ぎとなった氏真があまりに心もとなく、寿桂尼はふたたび、請《こ》われて、その後見役をつとめるようになった。駿府の尼御台の復活である。

しかし、女戦国大名として活躍したころの寿桂尼を、孫の氏真はまったく知らない。年老いた祖母の後見など、鬱陶《うっとう》しいばかりであった。

今川と同盟を結んでいる武田と北条《ほうじょう》も、尼御台復活にはよい顔をしなかった。氏真は武田信玄の甥《おい》にあたり、その正室は北条氏康《うじやす》のむすめである。

寿桂尼にしても、駆け引きしなければならない近隣の戦国大名、すなわち甲斐の信玄、相模《さがみ》の氏康に加えて、三河の松平家康も、以前の対手たちをはるかに凌《しの》ぐ勇将・智将ばかりであり、女の手に負えるものではないと思い知って、再度みずから退く。

それでも、いずれ死してもなお今川氏を守るべく、駿府城の鬼門にあたる艮の方角に、おのれの菩提寺として龍雲寺を開いた。それが今年になってからのことである。

平助があのような仕儀に至ったのも、駿府の尼御台・寿桂尼が今年、駿府城を出て、寺を開いたことまでは聞き及んでいなかったからといえる。

ただ、退いたとはいえ、今川家臣の中にはいまだに寿桂尼の異見を求める者は少なくないため、日中の龍雲寺の参道には武家の乗物《のりもの》や騎馬がしばしば往来する。実質は、尼御台のままというべきであった。

（こわい尼どのだ……）

頑丈な鎖縄《くさりなわ》で上半身をぐるぐる巻きにされ、後ろ手に太柱《ふとばしら》へ縛りつけられて、土間へ尻をつけている平助は、溜《た》め息《いき》をついた。光は幾つかの小さな窓から射《さ》し込むわずかばかりのものでしかない。薄暗い櫓《やぐら》の中である。

こうなったいま、冷静に思い返すと、あのときの寿桂尼の言動は、対手が魔羅賀平助と知った瞬間、とっさに思いめぐらせたそれに相違なく、実にたいしたものだと敬服してしまう。

駿府城へ走らせた寺男の仁兵衛に対して平助が名乗ったかどうかを、寿桂尼が気にしたのは、城から繰り出される人数を思ってのことであったろう。龍雲寺が誰とも知れぬ賊に襲われ、そこにどういう形であれ、陣借り平助が絡んでいると城の衆が知れば、選《え》り抜きの強者《つわもの》の率いる多勢で馳せつけることは必至である。魔羅賀平助を捕《と》えるにはそれくらいの具《そな》えを必要とする。

寿桂尼が平助に茶を振る舞ったのも、城の兵が到着するまで引きとめておきたかったからであろう。

さらに寿桂尼は、茶に痺《しび》れ薬を混ぜた。多勢でも平助は手に余るという最悪の状況を想定し、その動きを封じておくことにしたのである。

むろん、いきなり毒を盛っては、平助に気取《けど》られる恐れがあるので、まずはふつうに温めの薄茶を呑ませて油断させた。二服目の熱めの濃茶は、当然、一服目とは味が変わるし、渋みも強いから、微量の毒ならば、舌で感じられる者など滅多にいない。

寿桂尼の何が見事かといえば、とっさにそうした策を思いついたのもさることながら、それを平然とやり遂げられる胆力である。

いまごろ寿桂尼は、憎き魔羅賀平助をどんなふうに殺してやろうか、と嬉々として考えているのかもしれない。

(治部大輔どのの首をとったのは、それがしではないのだがなあ……)

桶狭間では、織田信長の馬廻衆《うままわりしゅう》の服部小平太《はっとりこへいた》が義元に一番鎗をつけ、次いで毛利新介《もうりしんすけ》が組みついてその首を掻き斬ったのである。

ほんとうは平助が首級《しるし》を挙げようと思えばできたのだが、ある事情によって新介に譲った。ただ、そんなことまで寿桂尼が知っているはずはない。

(誰かに怒りをぶつけないと、収まらないのやもしれぬ)

武田、北条と互角の実力を持ち、東海道という天下の幹線を抱える海沿いの三ケ国に君臨していた義元を失った今川氏の痛恨は、たしかに察するに余りある。ただ、それこそ戦国乱世の武門というものだ。同じことは、武田信玄にも北条氏康にも、義元を討った信長にも起こりうる。それでも受け容れがたいのは、苦労して家督を嗣がせた義元を、寿桂尼が溺愛《できあい》していたからではあるまいか。

(腹がへったなあ……)

随分と前から、平助の腹の虫が空腹を訴えている。

人声が聞こえた。何やら揉《も》めているようである。

「魔羅賀平助どのは将軍家の御陣を借り、大いなる手柄を立て、足利義輝公より直々に太刀を賜ったほどの高名なる武人。縄目《なわめ》の恥辱を与えただけでも行き過ぎておりますのに、水も食べ物も与えぬとは、どういうおつもりか」

女人《にょにん》の声のようだ。

「尼御台さまのお言いつけにござる。お戻りなされ」

どうやら、見張りの番士らは女人を追い払いたいらしい。

「上総介《かずさのすけ》さまは何と仰せか」

「お屋形《やかた》さまはお関わりではない」

上総介とは、今川氏真をさす。

「これは異《い》なことを。このお城のあるじは上総介さまではあられませぬのか。尼御台、いえ寿桂尼さまこそ、俗世とは関わりなきご出家のはず」

「それは、そうじゃとも言えるが……」

「ご迷惑はかけませぬ。寿桂尼さまには、あとで必ずわたくしから申し上げておきます。それでも、なりませぬか」

殺気立った間《ま》が伝わってきた。

「す……少しの間《あいだ》だけにござるぞ」

とうとう番士が折れた。声がふるえている。

「かたじけのう存じます」

戸が開かれ、櫓内へ、明るい光とともに、大柄な女人が若者をひとり従えて入ってきた。

「魔羅賀さま」

いまにも泣きだしそうな声をあげて、若者が走り寄ってくる。

「やあ、宗太どの」

「やあではありませぬ。宮前町へ往かれたのではなかったのでございますか」

「たちの悪い比丘尼《びくに》にひっかかってしもうた」

寿桂尼を春をひさぐ比丘尼にひっかけて言い、あはは、と屈託なく笑う平助であった。

「滅多なことを……。お命が危ういというのに」

宗太は、番士らのほうを気にしながら、暢気《のんき》すぎる平助にあきれる。

女人が平助の目の前に立った。

髪を唐輪《からわ》に上げ、双《ふた》つ首の龍の意匠が目を引く小袖《こそで》に、括《くく》り袴《ばかま》という装《よそお》い。きっと双龍は良人《おっと》の飯尾連龍に見立てたものなのであろう。

「飯尾豊前守家の奥方、幸どのにござるな」

平助から声をかけた。

「なにゆえわたくしのことを……」

「宗太どのより聞いており申したゆえ」

「女弁慶などと申したのでしょう」

幸がちょっと宗太を睨む。

「宗太どのは、この世でいちばん美しい女性《にょしょう》と言うた」

うろたえて、宗太がおもてを伏せた。

大井川から駿府までの道中における宗太の話しぶりから、幸に憧れている、と平助は察していたのである。

「そのとおりであったゆえ、すぐに幸どのと知れ申した」

「まあ……」

幸が真っ赤になった。

この世でいちばんはともかく、幸は美しいといえる。本人にその自覚はなさそうだが。

「宗太。早《はや》、魔羅賀どのに」

幸に促され、さようにございました、と宗太が抱えていた飯櫃《めしびつ》の蓋《ふた》を開けた。

湯気が立ち昇り、平助にとってはたまらない香りがした。

「やあ、これは……」

好物の白米ではないか。

「魔羅賀平助どのは温かい白米に目がないと伝え聞いておりましたので」

と幸が明かす。公家を除《のぞ》けば、玄米食が当たり前の時代だから、大変な贅沢《ぜいたく》ではあった。

焼魚と香の物と水を汲んだ瓢《ひさご》も用意してある。

縛《ばく》された平助は両手が使えない。宗太が箸《はし》を使って食べさせ始めた。

平助のあまりに旺盛《おうせい》な食欲に、幸が見とれる。

文字通り、あっという間に、平助は平らげてしまった。飯櫃に米粒ひとつ残さず。

「馳走《ちそう》になり申した。奥方と宗太どののやさしきお心が何よりの味つけにござった」

「お悦びいただけて、嬉《うれ》しゅうございます」

戸外から番士らが覗《のぞ》き込んで、まだかと急かした。

「申し訳ありませぬ。あわてて食べたせいで胸につかえたようにございます」

宗太が言いながら、かれらのほうへ寄ってゆき、

「水をもう少し呑ませませぬと、つかえがとれませぬので、いましばらくの時を」

瓢を逆さにして振り、空であることを見せてから、井戸まで行ってまいります、と走り去った。

宗太の機転である。

幸が声を落とした。

「魔羅賀どの。ひとつお訊ねいたします。龍雲寺では何が起こりましたのか」

「何が起こったとは」

「魔羅賀どのは松平方の意をうけて寿桂尼さまを暗殺せんとしたと聞いておりますが、わたくしはそのようなことは信じておりませぬ」

「ははあ、そんなふうに伝わっているのでござるか……」

苦笑するほかない平助である。

「それがしは、龍雲寺が寿桂尼の寺とも知らず、偶々《たまたま》、一宿を乞おうとしたところ、参道に倒されていた寺男より、寺に賊が押し入ったと聞き、これを退治いたそうとしたまでのこと」

「さようにございましたか。して、賊というのは」

「寿桂尼は武田の者ら、と。それもまた作り話やもしれ申さぬが」

「武田というのはまことにございましょう。おそらく寿桂尼さまを甲斐へ連れ去ろうとしたのだと思われます」

寿桂尼と武田氏はつながりが深い。

花蔵の乱のとき、寿桂尼が武田信虎の支持をとりつけたことで、今川の有力家臣の多くが義元派になった。また、のちにその信虎を子の信玄が駿河へ放逐《ほうちく》するにあたり、これを受け容れるよう義元に進言したのも寿桂尼であったという。

今川の同盟者でありながら、いまや駿河への南下を狙《ねら》う武田信玄は、義元のむすめを室《しつ》とする長子《ちょうし》義信《よしのぶ》を、妻の実家への侵攻に異を唱《とな》えたことで廃嫡《はいちゃく》、幽閉《ゆうへい》している。

信玄にすれば、義元に嫁いだ姉はとうに亡く、同盟を結んだ義元その人も桶狭間で討死し、駿府で厄介《やっかい》になっていた父信虎も氏真によって追放されたのだから、もはや今川氏に遠慮する必要はない。弱肉強食の戦国乱世なのである。

ただ、永《なが》きにわたる武田と今川の良縁《りょうえん》の中心にいて、今川家臣団と東下《あずまくだ》りの公家衆に尊崇される寿桂尼ばかりは、蔑《ないがし》ろにできない。この尼御台の処遇を考えずに、駿河を無闇に攻めるのは得策ではない、と信玄は苦慮しているはずであった。

それならいっそ、信虎が駿府で二十年以上も厚遇されたように、寿桂尼にも甲府《こうふ》で晩年を過ごしてもらおう。そう信玄が画策したとしても不思議ではあるまい。甲府行きを承知してくれるのなら、孫むすめの良人である義信の廃嫡の件は考え直す、ぐらいのことは、寿桂尼に伝えたかもしれない。

龍雲寺を襲った賊が武田の者らであるのなら、それが任務であったろう。

「なるほど……」

幸の推量を聞きおえて、平助は納得した。

武田と今川が脆弱《ぜいじゃく》ながらいまも同盟関係にある事実を思えば、かれらが龍雲寺でひとりも殺さなかったことも腑《ふ》に落ちる。

「寿桂尼さまにとりまして、魔羅賀どのが武田の者らを一蹴《いっしゅう》して下されたことは、それこそ天佑《てんゆう》でありましたはず。でなければ、力ずくでも甲斐へさらわれ、その後に、駿河は信玄に蹂躙《じゅうりん》されたに相違ありませぬ」

「武田にかどわかされそうになったことを、寿桂尼はなぜ皆に明かさぬのかな」

「上総介さまに知られたくないのでございましょう。武田信虎どのの一件以来、上総介さまは武田には不信感を抱いておられますゆえ」

幸のいう信虎の一件とは、桶狭間の三年後、信虎が甲斐の信玄とひそかに連絡をとり、武田勢を駿河へ乱入させようと画策したことである。それは露見《ろけん》し、激怒した氏真が信虎を追放している。

「上総介さまの知るところとなれば、今川のほうから武田と断交いたすことになりましょう。なれど、寿桂尼さまは、今川の力が落ちているいまなればこそ、危うい綱渡りでも、駿府の尼御台として、武田との同盟をまだつづけたいと思うておられるのではないか、と推察いたします」

「ふうん……」

「どうなさいました、魔羅賀どの」

「幸どのはたいしたものにござるな」

「わたくしが……」

「いろんなことがようお分かりだ」

「今川、武田の動向は、わが飯尾家にも関わりますゆえ、いやでも知ろうとするようになりました。すきとせぬことばかりで、わたくしには少しも愉《たの》しくありませぬが」

嘆息しながらも、少し頬を赧《あか》める幸であった。

腕相撲に勝てば妻に、負ければ打ち首に、という明快で潔《いさぎよ》い幸には、気の滅入ることに違いない、と平助も同情する。

宗太が戻ってきた。

平助は、もういちど瓢の水を呑み干した。

「魔羅賀どのには宗太の命と塩買坂ノ血太刀を守っていただきました。こんどは、わたくしが必ず……」

「やめられい」

幸に皆まで言わせず、平助が強い口調で叱りつけた。

平助を救おうなどとすれば、幸自身はもとより、飯尾家にもひどい災いが降りかかる。

「幸どのが誰よりも守りたいお人は、豊前守どののはず。塩買坂ノ血太刀もそのためのものにござろう」

「それは……」

「違《たが》えてはなるまい」

こんどは平助は微笑んだ。

ふたたび、番士らより、急かす声が投げられた。

幸は、深々と辞儀《じぎ》をしてから、背を向け、櫓を出ていった。宗太も平助を気にしながらも随行してゆく。

戸が閉められ、平助のまわりはまた薄暗くなった。

五

暁闇《ぎょうあん》に、平助は目覚めた。

幸に温かい白米を差し入れてもらってから幾日経ったであろうか。日にちを数えたところで詮《せん》ないので、分からない。

あれ以後、幸も宗太も姿を見せないが、寿桂尼に咎《とが》められたものと察せられる。

幸自身は、それでも差し入れをつづけたかったろうが、平助から言われたことを心に刻《きざ》んで、怺《こら》えたのに違いない。

あの翌日から、食い物は、日に一度、にぎり飯ひとつが与えられ、それを持ってくる無愛想な下女に食べさせられる。排便も清筥《しのはこ》でその下女の世話になる。

温暖な駿河でも、このところ寒くて、外は幾度か冷たい雨も降った。寒の雨であろう。

この寒さを凌げば、

（春が立つ）

などと、闇の中でのんびりしたことを思ったりする平助であった。

(もう少し眠るか)

瞼《まぶた》を下ろした。

小さな窓から仄《ほの》かに光が洩れ入り始めたとき、ふたたび目を開けた。

(いくさだな……)

その張り詰めた気を、感じたのである。

朝駆《あさが》けであろう。

が、兵気《へいき》は城外から迫るものではない。城内で何か起ころうとしている。

しばらくすると、音が届いた。

この櫓からは、いささか遠めらしいが、騒然としていることが平助には分かる。聞き慣れた争闘音である。

音は半刻《はんとき》余りつづき、そして熄《や》んだ。

鉄炮《てっぽう》の音だけは、いちども聞こえなかった。

銃声が轟《とどろ》けば、城下の人々も騒ぎ立て、駿府中が大混乱に陥《おちい》らないとも限らない。

それを避けるため、鉄炮を使用しなかったのか。

とすれば、城内だけで片づけたかったことなのであろう。

平助は、胸騒ぎをおぼえた。幸と宗太の身に何もなければよいが、と願う。

一転して、水を打ったように静まり返ったのは、勝敗が決したからではない。いくさに慣れた平助はそれと感じた。膠着《こうちゃく》状態に入ったのだ。

ほどなく、戸が開けられ、朝の光と冷たい風が入り込んできた。

櫓内に踏み入ってきたのは、幾人もの甲冑《かっちゅう》武者に警固《けいご》された寿桂尼である。

「魔羅賀平助。この尼に陣借りいたせ」

平助が思いもよらぬことを、寿桂尼は言った。

「何を仰せなのか、分かりかねる」

「たったいま、飯尾豊前を討った」

そう明かして、微かに唇を歪《ゆが》めた寿桂尼の表情から、平助は察した。

「騙し討ちをなされたな」

「人聞きの悪いことを申すな。謀叛人を討ったまでのことじゃ」

平助は、飯尾連龍が今川氏被官として微妙な立場にいることも、近日中に氏真より和解の茶会に招かれるであろうことも、宗太から聞いていた。

おそらく連龍は、昨日この駿府城へ参上し、酒食を伴う茶会の主客として夜遅くまで過ごしたあと、二ノ丸の飯尾邸へ引き上げ、床《とこ》に就《つ》いた。そして、未明より今川の兵の襲撃をうけ、よく抗戦したものの、ついに討たれてしまったに違いない。

連龍がよく抗戦したと平助が思うのは、騙し討ちにもかかわらず、争闘音が半刻余りもつづいたからである。

この事件は、〈駿府小路《こうじ》の戦い〉といわれ、徳川家康の事歴を詳述した『武徳編年《ぶとくへんねん》集成《しゅうせい》』にも「飯尾ガ士二三十騎死戦ヲナス故、寄手多ク討タル」と記されている。

「なれど、飯尾にはいまだにひとりだけ、抗《あらが》いつづけ、わが兵を寄せつけぬ豪《ごう》の者がおる。その者を、魔羅賀平助、そのほうが討つのじゃ」

この老尼は妖怪だ、と平助はあらためてまじまじと見てしまう。

「それがしが引き受けるとお思いか」

「引き受けざるをえまいぞ。引き受けねば、厩《うまや》につないであるそのほうの愛馬を殺す」

「ご随意に」

一瞬のためらいも見せずに、平助はこたえた。

主の平助が戦闘者《いくさびと》なら従の丹楓も軍馬《いくさうま》。血腥《ちなまぐさ》い死は、主従ともに覚悟している。

「そうか。ならば、この者も殺すと申せば、どうか」

寿桂尼が甲冑武者のひとりにうなずいてみせると、後ろへ合図が送られ、兵がひとりの若者を引っ立ててきた。

さすがに平助の表情が動く。

宗太であった。

宗太は、口中に何か詰め込まれ、猿ぐつわをかまされている。きっと寿桂尼よりこれから起こることを聞かされ、平助に迷惑をかけぬよう、舌を嚙《か》んで死のうとしたに違いない。寸前でそれを止められたのであろう。

宗太の汚れた頰には縦の筋が見える。涙はいまも目にいっぱい溜まっている。

「飯尾家の豪の者とは、豊前どのの奥方か」

ひとり抗いつづけていると聞いて、すぐに幸だと思った平助なのである。

「これは察しがよいの。やはり、あの者とそのほうとは、何か関わりがあるのじゃな」

「炊《た》きたての白い飯を頂戴した」

「それだけか」

「何を仰せられたい」

「屋敷内に籠《こ》もって出てまいらぬあの女のほうから申したのじゃ。魔羅賀平助と一騎討ちがしたい、その願いが叶うのなら出てゆく、とな」

「さようにござったか」

つとめて平静に返辞をした平助だが、幸の意図が分かって、胸を塞がれた。

幸は、平助自身に止められたものの、なんとしても平助を救いたかったのである。そのための闘いかたも、目に見えるようであった。

大兵の良人連龍をも腕相撲で負かした膂力《りょりょく》と並々でない武芸の持ち主である幸は、狭い屋内へ敵兵をひとり、あるいは数人ずつ引き入れては、斬り伏せているのであろう。

「致實ガ室無雙ノ強力屢々奮ヒ戰フ」

と『武徳編年集成』では描写される。

致實は、むねざね、おきざね、ゆきざねなど、どう訓《よ》むか不明だが、これは連龍をさす。連龍の妻が無双の強力を幾度となく奮って戦った、という意味である。

今川方としては、飯尾屋敷は城内にあるので、火をかけることはできない。鉄炮の使用も、城下に銃声が届いて人々に恐慌をもたらす懸念を拭えず、ままならぬ。といって、これ以上、兵を屋内へ飛び込ませては返り討ちにあうことを繰り返すわけにもいかない。となると、なんとかして幸を広い屋外へ誘《おび》きだし、矢の斉射《せいしゃ》で傷つけておいて、多勢で押し包んで殺すのが最善といえる。

幸自身が、それを見越して屋内に籠もったことは、明白であった。そして、頃合いをみて、魔羅賀平助と一騎討ちできるのなら出てゆく、と寄手《よせて》に告げる。

いかに陣借り平助でも、櫓内に閉じ込められ、鎖縄で厳重に繋《つな》がれた状態では、どうすることもできない。だが、躰が自由となって武器を持てば、平助ほどの者なら、たとえ対手が多勢でも斬り抜けられる。幸はそう考えたとみて間違いない。

「一騎討ちに水を差されたくないゆえ、弓矢、鉄炮は遠ざけていただこう」

と平助は言った。

「では、陣借りを」

「承知仕《つかまつ》った」

平助のその一言に、寿桂尼は満足げにおもてを綻《ほころ》ばせ、囚《とら》われの宗太は激しくかぶりを振った。

六

寒風が、音立てて、舞っている。

愛用の鎧兜を身にまとい、傘鎗を右の腕《かいな》にかいこみ、志津三郎を左腰に佩いた平助は、飯尾屋敷の庭に立った。

屋敷の塀も建物も、そこかしこが打ち壊され、無惨なものである。平助の視野に入るだけでも数十の死体が転がり、血臭が濃く漂う。

今川の将兵は、遠巻きに群がって、固唾《かたず》を呑んでなりゆきを見戍《みまも》る。

その中に聳《そび》える組み立て式の井楼《せいろう》の上に、屈強の警固人を従えた寿桂尼の姿がある。高みの見物というわけであろう。

井楼の下では、まだ縛されたままの宗太が、幾筋もの鎗を突きつけられ、微かに身をふるわせていた。

「飯尾豊前守どののご正室に申し上げる」

平助が大音声《だいおんじょう》に呼ばわった。

「ご所望により、魔羅賀平助、参上仕った。お出ましあれ」

しばしの静寂の後、屋内より鎧武者がゆっくりと現れた。兜は着けていない。

血糊《ちのり》のたっぷりついた太刀を引っ提《さ》げた幸である。

太刀に刃こぼれは見えぬ。塩買坂ノ血太刀であろう。

幸は、傷だらけの甲冑武者をひとり、背負っている。死者であることは明らかだ。

(豊前守どのであろう)

と平助は察した。

幸は階段《きざはし》を踏んで、庭へ下り立った。

「魔羅賀どの。わたくしのわがままをお聞き届けいただき、ありがとう存じます」

声にいささかの乱れもない。

（見事なものだ）

平助は、粛然《しゅくぜん》たる思いを抱きながら、

「礼はそれがしが申すべきこと」

その場に折り敷き、こうべを垂《た》れた。

「さようなことをなさってはいけませぬ。どうか、魔羅賀どの」

「では……」

平助はもとに直った。

「幸どの。われらの武運を信じて、ともに斬り抜けましょうぞ」

一挙に井楼下まで走って、宗太の身柄を奪還するや、梯子《はしご》を駆け昇り、寿桂尼を人質にとって、城を脱するというのが平助の策である。捨て身の策であり、ひとりでは成しえない。しかし、幸とふたりならば、それでも無謀だが、何とかなる。

そのことを平助が告げる前に、幸は小さくかぶりを振った。

「初めて会《お》うたときから……」

と幸は、背負っている連龍の死顔《しにがお》をちらりと見やる。

「共に生き、共に死すのが、望みにございました。良人《おっと》の魂魄《こんぱく》がまだ身近に感じられますうちに、御許《みもと》へ参りとうございます」

「いまこのときが幸どのの死に時と言われるか」

「はい。天下一の戦闘者《いくさびと》、魔羅賀平助どのの刃で旅立つことができますれば、死に時に花を添えられます」

なんということか。平助はおのれの不明を慚《は》じるほかなかった。

（幸どのは、まことは、豊前守どのが討たれたそのときに、みずからの命も絶ちたかったのだ）

だが、平助を縛《いまし》めから解いて、あの櫓の外へ出す工夫を思いつき、それがなされるまで、死に時を後《おく》らせてくれたのである。

「されば、ひと太刀にて仕らん」

こみあげてくるものを抑えて、平助は宣《せん》した。

すると幸が、自信ありげに微笑んだ。

「一合《いちごう》だけ交えとうございます」

平助も破顔する。

「望むところにござる」

それぞれ後退し、五、六間の距離をとると、平助は傘鎗を、幸も連龍の骸《むくろ》を、地へ下ろす。

幸が塩買坂ノ血太刀を八双《はっそう》に構えた。

応じて、平助も志津三郎の鞘を払い、同じく八双にとる。

「参る」

「応《おう》っ」

同時に踏み込み、互いに渾身の力で太刀を打ち下ろした。

交わった鋼《はがね》が高く鳴り、火花を散らす。

踏ん張った両足が、ずずっ、とわずかに滑《すべ》って退がる。それほど幸の打撃は重く、平助は押されたのである。

「強い」

思わず、口をついて出た。

「女弁慶にございますゆえ」

幸が咲《わら》った。花のように咲った。

このときしかない。花のまま逝《ゆ》かせてやらねばならない。

(御免《ごめん》)

平助は、一瞬のひと太刀で、旅立たせた。

そして、幸の亡骸《なきがら》を抱き上げて運び、連龍のそれへ寄り添わせる。

幸は塩買坂ノ血太刀を手から放さぬままである。平助は、その手へ良人の手を重ねさせた。

傘鎗を拾いあげたとき、遠巻きの今川の軍兵《ぐんぴょう》が慌《あわ》ただしく動き、弓隊が前へ出てきた。三十人だ。

正面から弧線を描く陣形で平助を包んだ弓隊は、矢の狙いを一斉に巨軀へ集中させる。

驚きはしない。寿桂尼ならこうするであろう、と予想していた。

「尼どの」

平助は、視線を上げ、井楼上の人を眺めやった。

「みずから刀鎗《とうそう》を揮《ふる》うたこともなき老婆が、いくさの軍配などいたすものではござらぬ」

井楼上の寿桂尼が色をなす。老婆と言われたことが、がまんならぬのである。

「それがしを討ち取るまで、どれほどの数の兵を失うか、いささかもお分かりではあるまい」

平助は、傘鎗の笠を開くなり、これを左手だけで回しながら、弓隊の弧線の真ん中めがけて、猛然と走りだした。

標的のいきなりの迅《はや》い動きに、弓隊は動揺し、誰もが射放《いはな》つのが後《おく》れた。その間に、平助は弧線の陣形内の深くへ入り込んでいる。

陣形の左右の外れに近い者らは、射放てぬまま、平助の動くほうへ弓矢を振ると、反対側の味方まで標的となってしまい、さらに弓弦《ゆんづる》を放せなくなった。

射放たれた矢は、弧線の陣形の中央寄りの十数筋である。

平助は、左方と正面からきた矢を回転笠で弾《はじ》き飛ばし、右方からの矢は太刀で払い落とすや、破れた笠を外して傘鎗の穂先を露わにしつつ、突っ込んだ。

弓隊の中央の者らは、うろたえ、弓を捨て、それぞれ陣刀の柄に手をかけたが、遅すぎた。

右手に刃渡《はわた》り四尺の大太刀、左手には独特の傘鎗。魔羅賀平助得意の武器が、唸《うな》りを生じて、かれらを襲った。

十人の今川兵が、悲鳴と血煙《ちけむり》を噴き上げ、ばたばたと仆《たお》れた。

そのまま飯尾屋敷の外へ跳び出し、軍兵の群れの中へ風となって突入した平助は、当たるを幸い、斬って斬って斬りまくる。めざすは、寿桂尼の井楼であった。

その寿桂尼は、井楼上で、皺《しわ》だらけの顔を恐怖にひきつらせている。

五百、いや、それ以上であろう兵が、たったひとりに怯《ひる》んで、ただただ討たれっ放しになるなど、信じられるものではない。悪夢というべきであった。

「鉄炮じゃ。魔羅賀平助を鉄炮で殺せ」

息も荒く、警固の武士に命じた。

「こたびは鉄炮を控えることを、最初に尼御前にもご承知いただけたはず」

駿河の領民の多くは、武田や松平がいつ攻め込んできてもおかしくないと思い込んでいる。駿府城で銃声が轟けば、城下が恐慌をきたすのは必至なのである。

「いくさは臨機応変にいたすものではないのか」

「臨機応変とはその場凌ぎのことにてはござり申さず」

「なに。五郎《ごろう》、そちはこの尼の命令をきけぬと申すか」

「畏《おそ》れながら、それがしのあるじはお屋形さまにあられる」

五郎とよばれたこの武士は、岡部《おかべ》五郎兵衛元信《ひょうえもとのぶ》。桶狭間の大敗の直後、今川軍の誰もがひたすら三河へ逃げをうった中、ひとり尾張《おわり》の鳴海《なるみ》城に留《とど》まって、織田方へ主君義元の首の返還を要求しつづけ、ついにそれを成し遂げ、駿府へ持ち帰ったという忠臣である。

「ただ一人《いちにん》にてあれだけの働きをする武人を、多勢が鉄炮をもって討ち取るは、卑怯千万。さようなことをいたせば、今川は天下の嘲《あざけ》りをうけ申そう」

「それであやつを討てるのか」

「いかに魔羅賀平助といえども、これだけの人数が対手では、いずれ力も尽き申す。それまでお待ちなされよ」

「待てぬわ」

怒声をぶつけ、ひとりで梯子を下りようとした寿桂尼だが、危のうござる、と五郎兵衛にとめられる。

ぱんっ……。

乾いた音が空気をふるわせた。

とっさに五郎兵衛は、寿桂尼の老体を抱えてしゃがみ込む。

今川兵もひとり残らず、その場に腰を落としたり、伏せたりした。銃声であったことは、皆が分かっている。

寿桂尼と同じく、平助を刀鎗では討ち難《がた》しと思った誰かが、ついに鉄炮を持ち出したのであろうか。

平助ひとり、立ったまま、銃声の出所へ視線を振った。

包囲の兵たちが皆、低い姿勢をとったので、拓《ひら》けた視界の中では、その光景を捉えるのは容易であった。

ひたいの黛《まゆずみ》の目立つ白い寝衣姿の男が、あごを上げ、両手を突っ張らせた妙な歩き方で、こちらへ寄ってきつつある。頸《くび》には縄が巻かれているようだ。

「お屋形さま」

五郎兵衛が眼《まなこ》を剝《む》いた。

寿桂尼は、蒼《あお》ざめ、あわあわと口を動かすばかりだ。

今川氏真の背後に鉄炮の銃身が見えている。それが投げ捨てられ、氏真の肩越しに、もうひとりの顔が現れた。

狐にも似た切れ長の目に、濡れたような朱唇《しゅしん》。冷たい美貌である。

「鵺《ぬえ》どの……」

平助は信じられぬ思いで、その名を洩らした。よもや駿府で会おうとは。

阿波三好《あわみよし》の影の軍団、狗神党《いぬかみとう》の党首家である蠱《かんなぎ》氏のむすめ鵺は、平助を兄の仇《かたき》として憎み、必ず討つと心に期している。

鵺は、氏真の頸にかけた縄を背後から左手で曳《ひ》いている。右手が、いま、脇指《わきざし》を抜き、鎬《しのぎ》を氏真の頬に当てた。

「ひっ……」

名門今川氏の当主は、女のような悲鳴を上げる。

本来なら、飯尾連龍を討つ陣頭指揮を執《と》っているべき氏真だが、昨夜の酒が過ぎたこともあり、家臣まかせにして眠りこけていたのであった。

鵺にすれば、城中の人々の気が飯尾邸へ向いている中、氏真の寝所へ忍び入って、これを人質にとるのはたやすかった。

「わっちが魔羅賀平助を貰《もら》い受ける」

と鵺が宣言した。

「今川の者どもは誰も動くでないぞ。ひとりでも動けば、こやつの喉笛《のどぶえ》を掻き斬る」

軍兵は固まった。主君を人質にとられてはどうにもならぬ。

「魔羅賀平助。わっちのもとへ参れ」

「ひとり助けたいお人がいる」

と平助は返辞をした。

「知らぬわ。助けてやるのは汝《うぬ》だけぞ」

「それでは、往かぬ」

鵺がなぜ助けてくれるのか、その思いを平助は看破している。

魔羅賀平助を殺すのは自分でなければならぬ。それ以外の平助の死を、断じて赦《ゆる》せないのである。鵺はそういう女であった。

ただ、平助は知る由もないが、鵺が駿府に現れたのは、仇敵《きゅうてき》を追ってきたからではない。

亡き足利義輝の弟で、幕府再興《さいこう》を表明している覚慶《かくけい》は、流寓《りゅうぐう》先の近江《おうみ》より諸国の大名へ、自分が帰洛《きらく》できるよう兵を率いて参じよ、といった内容の書状《ふみ》を送っている。義輝を弑逆《しいぎゃく》し、後継者に足利義親《よしちか》の擁立をもくろむ三好氏にすれば、それが現実となるのは阻止したいところであった。覚慶の書状は足利一門の今川氏にも届いているはずなので、氏真がいかなる対応をするつもりなのか、それを鵺は探りにきた。ところが、駿府入りしたその日、偶然にも、若者と二人連れの平助を目にしたという次第である。

平助が駿府入りしたとき感じた殺気というのも、つまりは、鵺より放たれたものであった。

「ひとりだけじゃ」

「なに……」

舌打ちをしながらも、鵜が折れた。

「ついでに、馬を一頭」

「丹楓か」

「ようご存じだ」

「早う、いたせ」

平助は、手近《てぢか》にいる兵の頸を掴んで立たせた。

「わが馬を厩に閉じ込めていよう。急ぎ解き放て。馬具も袋に収めて馬にくわえさせよ。ほかに、駿馬《しゅんめ》を三頭、手綱《たづな》も鞍も鐙《あぶみ》もつけて、放て。よいな」

その兵は、幾度もうなずいてから、走り去ってゆく。

それから平助は、動かぬ軍兵の群れを掻き分けて、井楼の下まで達すると、宗太の縄を解いた。むろん、これを制する者はいない。

宗太が、みずから猿ぐつわを外し、口中へ詰め込まれていた布も吐き出す。

「魔羅賀さま……」

「赦せとは言わぬ」

互いに、それだけ言うのがやっとであった。幸のことである。

宗太が、強くかぶりを振ってから、平助に抱きついた。

それで平助は、宗太に咎められていないと分かり、胸を熱くした。

「あのお人のところまで」

宗太を鵺のいるほうへ先に押しやってから、平助は井楼を見上げる。

「岡部五郎兵衛どのと見受けた」

寿桂尼へではなく、その警固人へ声をかけた。

「いかにも、岡部五郎兵衛元信にござる」

穏やかに五郎兵衛が応じる。

「そこもとなら、尼どのを見殺しにいたすことはあるまいと存ずる」

「意を分かりかねるが……」

「いまお分かりいただける」

平助は、愛刀を振り上げた。

「あ……」

平助の意を察して、五郎兵衛がふたたび、寿桂尼の法体《ほったい》を引き寄せ、抱え込んだ。

志津三郎を数度、閃《ひらめ》かせてから、平助は井楼の下を離れた。

ぐらり、とわずかに井楼が傾いた。

骨組の四柱のうち、二柱が下部で上下に斬り離されており、そこからずれたのである。

直後、横板が次々に音たてて折れると、二柱のずれは大きくなり、その不均衡に堪《た》えきれず、のこりの二柱も折れた。

井楼下の兵どもが、わあっと身を避ける。

五郎兵衛と寿桂尼は、宙へ投げ出された。

「ひいいいっ」

老尼のひきつったような悲鳴が虚空《こくう》に撒《ま》かれる。

だが、寿桂尼は地に激突しなかった。五郎兵衛が身を挺《てい》して守ってくれたからである。それでも、気を失った。

五郎兵衛自身も、おのれの甲冑に防護されたものの、衝撃の強さに呻《うめ》いたなり、息ができない。

「鵺どの。それがしが代わろう」

平助は、氏真の頸に巻かれた縄の尻を、鵺に代わって摑んだ。

駿河国主を人質に、平助、宗太、鵺は、駿府城の大手門へ向かった。

解き放たれた丹楓も、その途中で、三頭の駿馬を引き連れて合流した。

「宗太どのは馬に乗れるか」

大手門を出たところで、平助は訊いた。

「幸さまに幾度か乗せていただいたことが」

「それなら、なんとかなる」

宗太を鞍へ押し上げてやり、氏真にも一頭、与える。

「上総介どの。いましばらくのご辛抱を」

「どこかで予《よ》を殺すのであろう」

ふるえ声で、氏真がたしかめた。

「さあて……」

平助はとぼける。

「いまさら申しても詮ないが、飯尾豊前は討つまでもなかった。桶狭間以後、遠州の者らの離反がつづくゆえ、三年前、井伊直親《いいなおちか》を討った。見せしめはそれで充分と予は思うていた。なれど、尼御前がまだ手ぬるいと言うたのじゃ」

「豊前守どのを討ったのは、お手前にござる」

きつく平助は言った。

「そうじゃな……。今川の当主は予であるゆえ……」

深くうなだれる氏真であった。

「上総介どのを殺《あや》めるつもりは毛筋の先ほどもござらぬ」

「まことか」

「ご安心めされよ。ただ、あとで、やっていただきたいことがござる」

平助は丹楓に鞍をつけて跨がり、鵺も残りの一頭の馬上に身を移した。

「わっちは、ここまでじゃ」

平助には思いがけないことを、鵺が告げたではないか。

「それがしを討ちたいのではござらぬのか。宗太どのを逃がしたあとなら、鵺どのの思いのままになさるがよい」

「ふん。汝ならさようなことを申すと思うていたわ。こたびは、その気で汝に遇《お》うたわけではないゆえ、殺してもつまらぬ」

「つまらぬと言われては、それがしも無理には勧《すす》め申さぬが……」

平助は頭を掻いた。

「生きよ、魔羅賀平助。わっちに討たれるときまで」

「感謝いたす」

「阿呆《あほう》か、汝は。討つと申したのじゃ」

怒ったように、鵺は馬腹を鐙《あぶみ》で強く蹴り、次いで、手綱の余した部分で馬の平頸をぴしぴしと打った。

鵜を乗せた馬は、土煙を上げながら、みるみる西へ遠ざかってゆく。

「われらも往こう」

平助は馬首を東へ向けた。

やがて、平助らが馬をとばして着いたところは、駿府の東三里足らずの江尻湊《えじりみなと》である。

巴川《ともえがわ》河口にあって、駿河湾内に長く突出する三保《みほ》の松原に包まれた天然の良港で、今川氏の太平洋航路の拠点であった。

氏真が、平助に言われるまま、駿府の商人頭《しょうにんがしら》・友野《ともの》氏の湊屋敷を訪れ、急遽《きゅうきょ》、船を出すよう命じた。

「この者は宗太という。伊勢《いせ》まで送るのじゃ。丁重にな」

遠州伊平へは早々に寿桂尼が手を回すであろうから、遠方へ逃げたほうがよいと平助が勧めた。宗太にしても、もはや恩人の師匠も、ひそかに慕いつづけた幸もこの世の人ではなく、天涯孤独の身となったのだから、新たな人生を歩み出さねばならない。

「魔羅賀さまは、いずこへ往かれるのでございましょう」

別れがたそうな宗太に訊ねられたが、れいによって、

「さあな。わが馬と風にまかせている」

と平助は笑った。

「おさらば、宗太どの」

「永久《とわ》のご武運を祈っております」

宗太と別れ、湊を離れた平助は、東海道の往還《おうかん》で氏真を解放した。

「ご帰城なされよ」

「ほんとうに予を討たぬのか」

「そのつもりはないと申し上げた」

「そうか」

心よりの安堵の吐息を洩らす氏真である。

「その薄着《うすぎ》ではお風邪を召しますぞ」

心遣いの一言を残して、平助は丹楓の鼻面《はなづら》を東へ向けた。

破格の巨馬が、緋色毛《ひいろげ》を靡《なび》かせ、滑空するように駆け去ってゆく。

「魔羅賀平助……羨《うらや》ましいぞ」

しょんぼり、と氏真は帰途についた。

この三年後の春、寿桂尼が没すると、女戦国大名の死を待望していた武田信玄が、同年の冬、心置きなく駿河へ乱入し、楽々と駿府城を落としてしまう。いったん遠州掛川《かけがわ》へ落ちた氏真だが、その後は、北条氏や家康の世話になったり、上洛して公家衆のもとに身を寄せたりした。晩年、家康より捨扶持《すてぶち》を与えられて、江戸は品川《しながわ》に屋敷を賜り、長寿を全《まっと》うする。後世に伝わる今川氏真の美点は、蹴鞠の名人、それのみである。

平助は、丹楓の脚を停《と》め、後方の海を振り返った。

眺望絶佳である。

美しい松原に抱かれた湊から、伊勢造りの商船が出帆してゆく。宗太を乗せた船だ。

視線を戻すと、富士山が目の前にある。

空気の澄んだ冬晴れで、冠雪の霊峰はくっきりと青空に浮かび出ていた。

しぜんと笑みがこぼれる。

「丹楓。いましばらく、よいか」

闘いも終わったから、本来なら平助は下馬して、武具・馬具の一切を担いで歩く。だが、もう少し丹楓の鞍上《あんじょう》で風を浴びたいと思ったのである。

長く艶《つや》やかな平頸を振って、牝《おんな》の匂いを放ってから、丹楓はみずから地を蹴った。

勝鬨姫《かちどきひめ》始末《しまつ》

一

年が、あらたまった。

お国が異なれば日中でもまだまだ寒さをおぼえる時季《じき》だが、伊豆国《いずのくに》の陽気は心地よい。

緋色毛《ひいろげ》の巨馬を曳《ひ》き、傘鎗《かさやり》と一切《いっさい》の武具・馬具を担《かつ》いで、狩野川《かのがわ》に沿う土手道を、のんびりと歩く巨軀《きょく》は魔羅賀平助である。

破格の人馬の後方では、冠雪の霊峰富士が大きく聳《そび》えている。

川原に、赤子《あかご》を背負って、幼い男の子二人を遊ばせている女の後ろ姿が見えた。

男の子たちは凧揚《たこあ》げをしている。小さな凧で、糸も長くないが、それでも愉《たの》しそうである。

平助も相好《そうごう》を崩す。

ぐずりはじめた赤子をあやすため、女がこうべを回して微笑みながら何か言ったので、その顔が平助の目に入った。

暖国《だんごく》であることが関係するのかどうか分からないが、伊豆の女というのは、ぽちゃっとして、目許《めもと》が穏やかで、人あたりもやわらかい。

(さいごに女子《おなご》と共寝《ともね》したのはいつだったかなあ……)

などと思った途端に、ちょっと淫気《いんき》を湧かせてしまう。

(温泉《ゆ》にでも浸《つ》かろう)

このあたりに湧いているはず。平助は周囲をきょろきょろと眺《なが》めやった。伊豆を訪れるのは初めてではないのである。

「あっ……」

という小さな悲鳴に、もういちど川原を見た。

凧に翻弄《ほんろう》される凧。男の子たちが手を放してしまったらしい。

凧は、川原の上空から、流れのほうへと移る。放っておけば、落水するであろう。

平助は、担いでいた武具・馬具を下ろすと、素早く傘鎗の笠《かさ》を開いて回転させ、斜め上方へ突き出した。

柄《え》から離れた笠が、唸《うな》りをあげて、くるくる旋回しながら飛《と》んでゆく。

いくさでは、敵の視線をこの笠に引きつけておいて懐《ふところ》へ跳び込むのが、魔羅賀平助得意の戦法である。

空中で凧の糸を巻き込んだ笠は、そのまま一緒に向こう岸へふわりと落ちた。

そのときには平助は、土手を駆け下り、川原も横切って、流れの中へ身を躍《おど》らせている。

春の初めのことで、まだ水量はさほど多くないため、川中には点々と岩頭がのぞく。それら岩頭から岩頭へと跳び移って、平助は瞬《また》く間《ま》に向こう岸へ達した。

凧を検《あらた》めてみた。無傷である。

凧と畳んだ笠とを手に、平助はまた川中の岩頭を伝《つた》って戻った。

あっけにとられていた母子《おやこ》連れだが、しかし平助が寄っていくと、母親は金切り声をあげた。

「天狗じゃ。食べられてしまう」

男の子二人を両脇にひっ抱え、母親はくるりと背を向けて逃げ出した。凄《すご》い力である。

背は六尺豊かで、鼻高《はなだか》の異相。そのうえ、信じがたい跳躍力をみせたのだから、天狗ときめつけられても仕方がない。

人が忽然《こつぜん》と行方知れずになる神隠しは天狗の仕業《しわざ》といわれる。母親が子を守って必死で逃げるのも当然ではあろう。

追いかければ、母子連れにさらなる恐怖を与えることになる。淫気も消し飛んでしまい、ぽりぽりと頭を掻《か》くほかない平助であった。

土手道へ上がると、母子連れが取りに戻ってくることを願って、路傍《ろぼう》の草の茎に凧の糸を短くして結びつけ、その場をあとにした。

二

伊豆半島の頸部《けいぶ》に位置する古奈山《こなさん》の麓《ふもと》に湧く温泉は、源頼朝《みなもとのよりとも》も入浴したと伝わるほど歴史が古い。

後世に北条早雲《ほうじょうそううん》の名で知られる、小田原《おだわら》北条氏の祖・伊勢宗瑞《いせそうずい》も、居城の韮山《にらやま》城から近い古奈温泉には、足繁《しげ》く通《かよ》ったという。

平助がそこに着くと、整備の行き届いた湯治場《とうじば》は、北条氏の専用ではなく、領民ばかりか、旅人にも開放されているようであった。

「願わくば民ゆたかにあれかし」

民政に力を注いだ宗瑞の遺志は、こういうところにも受け継がれているのであろう。

平助は、周辺を歩いてみた。

温泉地には、土地の者しか知らない出湯《いでゆ》がたいていある。隠し湯というものだ。諸国の数多《あまた》の温泉に浸かってきた平助は、隠し湯を発見するのが得意である。むろん、丹楓の嗅覚に助けてもらうのだが。

その丹楓が、平頸《ひらくび》を振って、平助を導くようにしながら、脚《あし》を速めてゆく。

途中、小さな寺の前を通った。今夜の宿にしよう、と平助は思いきめた。

平助の行く先々の宿は、その時々の心のままである。寺社は、よほど権高でない限り、泊めてもらえる。ただ、寺社であれ民家であれ、一宿《いっしゅく》を断られれば、野宿をするだけのことで、まったく苦にならない。

同じ古奈山の麓だが、湯治場からはいささか離れた小川沿いの林の中に、踏み固められた細径《ほそみち》を見つけた。細径の入口は灌木《かんぼく》に被《おお》われているので、知らなければ、気づかずに通り過ぎてしまうであろう。

その細径の行き止まりに、岩に囲まれて、まさに隠れるように湧いている湯があった。土地《ところ》の者が利用するのに違いない。

「えらいぞ、丹楓」

平助は、愛馬を撫《な》でてやる。

湯に触れてみると、長居のできそうな温かさであった。天然の湯船は、おとなが

三、四人は入れるくらいの広さで、深さもほどよい。
ところが、腹がへってきた。

腹を満たしてから、ゆっくり温泉を愉しもうと思い直し、いったん林を出た。

「狩りをしてくる」

愛馬を小川の岸辺において、平助ひとり、その場を離れる。

平助の狩りは早い。鳥獣《ちょうじゅう》でも魚でも、発見しさえすれば、これを捕《と》らえ損《そこ》ねることが滅多にないからである。

畑地の草むらの一部が揺れているのを、目にとめた。女のなまめいた声も聞こえる。

（晴れた日の野でいたすのは気持ちがよいからなあ……）

などと思いながら、無造作《むぞうさ》に近寄っていった。

案の定、このあたりの農民であろうか、一組の若い男女が寝ころがって野合《やごう》に及んでいた。

平助は、前屈《まえかが》みになって膝《ひざ》に手を置き、のぞきこんで、声をかけた。

「やあ」

男女の驚くまいことか。どちらも、ひいっと息を呑《の》み、身を縮《ちぢ》こまらせてしまう。

「すまないな。こっちをのぞくふりをして、油断を誘いたい対手《あいて》がいるのだ」

にこっ、と男女に笑いかけてから、平助は身を反転させながら後ろへ跳んだ。

瞬間、草むらにひそんでいた鳥が、ぱっと飛び立った。

体長二尺ほどで、頭の後ろに耳みたいな二つの羽を立て、暗緑色の体色をもつ。雄《おす》の雉《きじ》である。

雉は尾が長い。それを、平助は摑《つか》んだ。

男女は仰天した。こんな、おそろしく単純だが、しかし途方もない捕獲法を初めて見たからである。

「生きることは殺すこと。人間の身勝手な言い分だが、ゆるせよ」

平助は、今度は雉に謝ってから、一瞬で縊《くび》り殺し、あらためて男女に訊《たず》ねた。

「雉の肉は好きか」

男のほうが慌《あわ》ててかぶりを振る。どうやら好悪《こうお》の返辞ではなく、反射的な動きのようであった。

「雉は、お武家の食べ物にごぜえます」

かぶりを振ったことを咎《とが》められるのではないかと恐れでもしたのか、女がかばうように強い口調で言った。

たしかに、雉は、鶴・雁と並んで武家の鷹狩《たかがり》の最高の獲物《えもの》であり、農民の口に入るものではない。

「そうだな。すまない」

また平助が謝ったので、男女は困惑げに顔を見合わせた。異相の巨軀といい、接し方といい、かれらの知る武士たちとは違いすぎるのである。

平助は、手早く雉の羽をむしりとってから、背負いの太刀《たち》を抜いて、肉の一部を切り取ると、残りを男女の前に差し出した。

「焼いても汁物にしても美味《うま》いぞ」

さらに困惑して手を出さない男女の足許《あしもと》に雉を置いて、平助は立ち去った。

それから、丹楓のもとへ戻り、小川の畔《ほとり》で火を起こし、雉肉を焼いて食べた。味つけは携帯の味噌である。

折しも日が暮れようとしていた。あとは温泉に浸かり、さきほど今夜の宿にと目星をつけた寺へ往《ゆ》くだけである。

丹楓を曳いて、林の中の細径を伝って隠し湯へ戻り、天然の湯船に身を沈めた。

「気持ちがよいなあ……」

温泉に浸かると、いつも悦楽の声を洩らさずにはいられない平助である。

そういう主人を、丹楓もうれしそうに眺めている。

平助は口笛を吹き始めた。

旋律がある。

美しいが、何という曲なのか、平助も知らない。幼いころから、吹いている。平助を産んですぐに亡くなったという母とつながっているような気もする。だからといって、誰かに訊ねて知りたいとも思わない。むしろ、だからこそ、そうしたくないのかもしれなかった。

丹楓が、平頸と両耳を、すっと立てて、細径のほうを振り返る。何かの気配を感じたのである。

平助も口笛を吹きやめた。

土地の者が温泉に浸かりにきたのであろうか。

ほどなく、梢《こずえ》を揺らし、枯れ枝を踏む音が聞こえてきて、人がひとり、やってきた。

その人は、丹楓を見て、愕《ぎょ》っと立ち竦《すく》んだ。

白衣の旅装束、白木《しらき》の梓弓《あずさゆみ》に外法箱《げほうばこ》。

歩き巫女《みこ》であった。

ひどく汗をかき、肩を喘《あえ》がせている巫女は、しきりに後ろを気にする仕種《しぐさ》を見せた。

「追われているようだな」

湯船から、平助は声をかけた。

「はい。酔うた男たちに」

諸国を漂泊しながら、求めに応じて、口寄《くちよ》せを行い、霊言を託宣するのが歩き巫女の本来の生業《なりわい》だが、中には春をひさぐ者もいるので、旅女郎《たびじょろう》とか白湯文字《しろゆもじ》などと蔑《さげす》まれる。

いま平助の目の前に立つ巫女は、見目《みめ》がよい。酔った男たちをその気にさせたのも無理はあるまい。

「あの白湯文字、どこへ逃げた」

「このへんにいるはずじゃ」

「必ず突っ込んでやる」

聞こえてきた男たちの怒った声に、巫女が蒼《あお》ざめ身をふるわせる。

平助は巫女に言った。

「裸になられよ」

やがて、細径を見つけた男たちが、足を踏み入れてきた。

その五人は、身形《みなり》からして、明らかに天下にごまんといる山賊・野伏《のぶせり》・夜盗の類《たぐい》であった。主家を失って行き場をなくした武士・足軽・雑兵などの成れの果てである。

かれらも、緋色毛の巨馬を見て、一瞬、腰を引いたものの、岩場の露天風呂に浸かる男女に気づき、色めき立った。

女は、かれらのほうに背を向け、男の頸《くび》に腕を回している。

五人が岩場へ寄ろうとすると、巨馬が鼻息を荒くし、前肢《まえあし》を高く上げた。

わあっ、と五人は後ろざまに倒れる。

「何用かな」

平助のほうから訊ねた。

「その女の顔が見たい」

と鼻の欠けた男が言った。五人のかしらなのであろう。

「それがしの妻の顔を見たいとは、いかなる存念か」

「妻だと……」

「いかにも」

「歩き巫女ではないのか」

「歩き巫女と申せば、旅女郎であろう。わが妻を愚弄《ぐろう》いたすとは、それなりの覚悟があるのであろうな」

平助は、湯船の中で立ち上がった。

五人が身を強張《こわば》らせる。力感漲《みなぎ》る筋肉の鎧《よろい》をまとった平助の巨軀は、仁王《におう》像さながらだったからである。とてつもない膂力《りょりょく》の持ち主であることは疑いない。

「人違いではないのか」

ひとりが怯《おび》えたように言うと、そのようだとほかの三人も、急いでうなずいて、かしらの顔を見た。

「人違いであったわ。邪魔をしたな」

かしらは、精一杯の虚勢を張ってから、踵《きびす》を返した。手下たちもつづく。

「ありがとう存じました」

立ち上がったままの平助を仰《あお》ぎ見ながら、巫女が礼を陳《の》べた。

「いましばらくここにいるとよい。その間にあの者らもどこかへ往くだろう」

そう言って、平助自身は、湯船を出ようとした。その腰に抱きつかれた。

「無用にござるよ」

やさしく平助は言った。礼として女体を差し出されて、平気で頂戴しては、窮地を救ったことにならない。

「思い違いをなさりませぬように。誰にでもかようなことはいたしませぬ。旅寝の暮らしの中で、心より好もしく思う男に出会《でお》うたときだけでございます。むろん、あなたさまが歩き巫女など汚《けが》らわしいと思われるのなら、突き除《の》けて下さいまし」

平助の太腿《ふともも》に女の乳房《ちぶさ》が押しつけられている。柔かく、それでいて弾力がある。下腹には、温かい吐息が吹きかけられて……。

「名は」

平助は訊《き》いた。どうして突き除けられるであろう。

「奈岐《なき》と申します」

「それがしは、魔羅賀平助」

平助は、ふたたび湯船に身を沈め、奈岐を抱きよせた。

途端に、奈岐ともども、頭から湯を浴びせられる。

いつのまにか湯船の縁に立っていた丹楓が、いったん湯に浸《つ》けた鼻面《はなづら》を、上げるときに前へ振って、口から湯を吐き出しているではないか。

「や……やめろ、丹楓」

すると、今度は、顔全体を湯に浸け、平頸を左右に烈《はげ》しく振る丹楓であった。

湯がばしゃばしゃと飛び散って、平助と奈岐の髪をびしょ濡れにする。

それから丹楓は、ぷいっと顔をそむけて、向きを変え、走り去っていった。

淫気の失せかけた平助だが、

「もはや誰にも見られておりませぬ」

湯船の中で立った奈岐に、頭を抱えられ、その白い胸へ引き寄せられると、ふたたび疼《うず》き始める。

もともと日中から淫気を湧かせていた平助の心と躰《からだ》は、たちまち女の色香に蕩《とろ》けていった。

三

躰が、ゆっくり、ゆっくり、揺れている。

その揺れに合わせて、ぎいっ、ぎいっ、と何か軋《きし》む音。

頭は、ぼんやりとしている。

鼻をつく匂い。

潮の香か。

波音が聞こえた。
（海……）
目を覚ました。
暗い。
どうやら、船中のようだ。
なぜこんなところにいるのであろう。
平助は思い出してみる。
古奈温泉の隠し湯で、歩き巫女の奈岐と肌を合わせた。が、その途中から記憶がない。
起き上がろうと、躰を動かしてみる。
鎖の音がした。
手足に鎖付きの枷《かせ》を嵌《は》められていると分かった。上体を起こすことはできる。
（あの女子《おなご》にたばかられたということらしいな……）
どうやって眠らされたものか。
それでも平助は、不覚とも思わなかった。あんな誘惑を拒む理由があるわけはない。

足音が聞こえてきたかと思うまに、戸が開けられ、光が入ってきた。手燭《てしょく》を持った屈強の男たちだ。

隠し湯で会った鼻の欠けた男もいる。奈岐の一味だったのである。

さいごに、奈岐が登場した。

「陣借り平助というは、いくさには強くとも、女には弱いようじゃな」

隠し湯で睦《むつ》んだときとはうってかわって、冷たい奈岐である。

「奈岐どの、でよろしいのかな」

まことの名ではあるまい、といまの平助は思っている。

「さよう呼ぶがよいわ」

「女子に弱いほうが、男子の人生は愉しゅうござる」

「つむりも弱いのか、おぬしは」

「奈岐どのは何者か……と訊いたところで、明かしてはもらえまいが」

「房州《ぼうしゅう》里見《さとみ》の忍びじゃ」

あっさりと奈岐は明かしたではないか。

安房《あわ》の里見氏は、越後《えちご》の上杉輝虎《うえすぎてるとら》と結んで、連年、北条氏と干戈《かんか》を交え、大敵とよく戦ってきたが、一昨年の下総国府台《しもうさこうのだい》の戦いで大敗を喫し、名ある将を多数討たれて、一挙に勢力を衰退させている。

「されば、この船は安房行きか」

平助のその質問にはこたえず、奈岐は、手下であろう男たちのひとりに目配せをする。

いったん姿を消した男は、すぐに戻ってきた。小さな女の子を連れている。
四、五歳とみえる幼女は、酷《むご》いことに猿ぐつわをかまされ、後ろ手に縛《ばく》されていた。
「この子は、さる家の姫で、名をたいらという」

太衣良と表す。

「変わっているが、よいお名だ」

平助は太衣良に微笑みかける。

「姫を生かすも殺すも、おぬし次第」

と奈岐が言った。

「唐突すぎて、分かりかねる」

思いのほか、厄介《やっかい》なことに巻き込まれたようだ、と平助は感じた。

「北条綱成《つななり》を存じておろう」

駿河《するが》今川《いまがわ》氏の家臣福島正成《くしままさなり》の子であったが、父が甲斐《かい》で武田《たけだ》氏に討たれたとき、相模《さがみ》小田原へ逃げ、北条氏綱《うじつな》のもとで養育され、やがて氏綱のむすめを娶《めと》って、相模玉縄《たまなわ》城主の北条為昌《ためまさ》の没後、その城を継ぐことを許され、家門に列せられたのが北条綱成である。

この破格の厚遇は、綱成が合戦のたびにめざましい活躍をみせたからである。別して、わずか三千の籠城兵《ろうじょうへい》で、上杉勢八万という大軍の猛攻から、武蔵河越《むさしかわごえ》城を半年間も守り抜いて、主君北条氏康《うじやす》に勝利をもたらした武勇は、天下にあまねく喧伝《けんでん》されている。

「左衛門大夫《さえもんのたいふ》どののご武名を知らぬ者はいない」

そう平助はこたえた。綱成は左衛門大夫を称する。

「おぬしはとくによく存じているはず」

含みをもたせる言いかたをする奈岐であった。

平助は、五年前の春、綱成のむすめで、勝関姫《かちどきひめ》の異名をもつ女武者、遮那《しゃな》と出会って身も心も通わせ合い、しばらくの間、玉縄城に逗留し、ともに合戦にも出た。むろん、綱成とも交誼《こうぎ》を結んだ。

おそらく、そのことを奈岐は知っているのであろう。

「そうか。北条へ寝返りたいので、口利《くちき》きをしてほしい、と」

あはは、と笑った平助の頬が、高く鳴った。奈岐の平手打ちを食らったのである。

戯《ざ》れ言《ごと》が嫌いらしい。それとも、内容がまずかったのか。とすれば、奈岐は北条氏を憎んでいるのであろう、と平助は思った。

「おぬしは北条綱成を殺すのじゃ」

奈岐の憎しみは、綱成その人へのもののようだ。

「戯れ言はお嫌いと思うたのだが……」

「戯れ言でないくらい、分かるであろう」

「それがしが引き受けるはずはあるまい」

「おぬしなら、綱成に易々《やすやす》と近づける。殺すのも容易であろう」

「引き受ける気はないと申した」

「おぬしが綱成を殺さぬのなら、われらはこの幼い姫を殺すまで」

「それがしがその姫君と引き替えに左衛門大夫どのを殺すと、なぜそう思うのだ」

「おぬしは弱い者を決して見捨てぬはず」

「買い被《かぶ》りと申すもの」

「ならば、その気にならざるをえないことを明かしてやろうぞ。この子の母が誰であるかを、な」

奈岐が口許を歪《ゆが》めた。邪悪な笑みだ。

「遮那姫じゃ」

明かされて、さすがに平助も表情を動かし、あらためて幼女を見やった。

奈岐が、手燭の明かりを太衣良へ近づける。

猿ぐつわのせいで、はっきりとは分からないものの、言われてみれば、どことなく遮那に似ているようである。

（あれから姫は嫁《とつ》がれたのか……）

平助には意外であった。

遮那はある悪夢のような事件がきっかけで、男を憎悪していた。その心の闇を平助が光で拭《ぬぐ》い去った。それゆえ、男を嫌うことはなくなったであろうが、それでも良人《おっと》をもち、子をなすというのは、遮那の勝気《かちき》と男も逃げ出すいくさぶりなどを思えば、飛躍しすぎのような気がするのである。あるいは、そんな遮那をすら魅了する好漢《こうかん》が現れたということなのか。

「太衣良姫のお父上は」

「気になるか、昔の男としては」

いたぶるように、奈岐は言った。

「愉《たの》しそうにござるなあ」

と動じたようすをみせない平助を、きつく睨《にら》んだ奈岐だが、太衣良の父親の名を明かした。

「北条幻庵《げんあん》」

さしもの平助も、これは驚いた。

北条幻庵といえば、早雲の三男で、北条一族の長老的存在として知られ、随分と高齢のはずである。ただ、玉縄衆の一部が幻庵の指揮下におかれた時期があり、そのころ幼かった遮那が実の祖父のように慕ったということを、平助は綱成より聞いた記憶がある。

「されば、遮那姫は久野《くの》に」

小田原の北の久野に、幻庵の居館があるはず。

「いまも玉縄じゃ。遮那姫は老人では御《ぎょ》しがたい悍馬《かんば》ゆえ、はなから幻庵は引き取らなんだと聞いておる」

「遮那姫はそれで納得なされたのか」

「さようなことまで知るものか。申すまでもないが、太衣良姫は綱成の孫むすめにて、目に入れても痛くないほどの可愛がりようじゃ。いまごろ綱成は、遮那姫ともども、死に物狂いでこの子を探しておろう」

ふふっ、と奈岐は笑ってから、後ろ帯にたばさんでいた武器を手にした。鎖鎌《くさりがま》である。これが得意の武器なのであろう。

鎌刃《かまば》の切っ先を、奈岐は太衣良の喉許《のどもと》へあてた。

「これが最後ぞ。返答いたせ。諾《だく》か否《いな》か」

否と言えば、奈岐が一瞬の躊躇《ためら》いもなく幼女の喉を斬り裂く非情の女であることは、いまや平助に伝わっている。

そして、奈岐が太衣良を生かしておくのは、おそらく平助が綱成を殺すまでであろう。それでも、いまは綱成殺しを応諾するしか、平助の選ぶ道はない。

（この子は……）

太衣良のようすに、平助は目を瞠《みは》った。

泣きだしもしなければ、怯《おび》えの表情すらみせない。それどころか、瞬《まばた》きひとつせず奈岐を見上げる顔つきから、不屈の闘争心が感じられる。

平助の知る遮那がそのまま子どもになったように思えた。

「返答する前に、姫の縄を解き、猿ぐつわを外してもらいたい」

「ならぬわ」

　奈岐はにべもない。

「幼子《おさなご》に酷《むご》いとは思わぬのか」

「思い違いいたすな。この姫はこうしておかねば、舌を嚙《か》んで自害いたそうとするのじゃ。天晴《あっぱ》れと申すか、ばかと申すか」

　ちょっとあきれているように、奈岐が言った。

（やはり遮那姫の血筋《ちすじ》だ……）

　平助はもういちど太衣良を見た。

　すると、太衣良も平助へ視線を向けた。

　火明《ほあ》かりの具合によるのかもしれないが、眸子《ぼうし》は茶色がかっている。

（この子は決して死なない）

　なぜかそう信じることができて、平助は微笑んだ。太衣良の目許も綻《ほころ》んだように見えた。

「分かった。それがしが左衛門大夫どのを討つ」

「よう聞き分けられた。それでこそ、わが殿《との》」

　何やら妙なことを言って、奈岐が右手の鎌を平助の喉許へ突きつけながら、左手で頭を引き寄せた。

「わたしを妻とよんだのは、あなたさま。夫婦《めおと》として、玉縄城へまいりましょうぞ」

奈岐は、濡れたような朱唇《しゅしん》を、平助の唇に押しつけ、舌を差し入れる。

（これか……）

隠し湯で記憶が失せた理由を理解した。奈岐から口移しで毒を盛られたのである。

船体の軋み音と波音に混じって、小さく何か別の音が聞こえた。海鳥の鳴き声だろうか。分からない。

平助はまた眠りに落ちた。

四

船中で眠らされた平助が、目覚めたとき、躰を二つ折りに丹楓の背に括《くく》りつけられ、上り坂で揺られていた。箱根路《はこねじ》であった。

奈岐も馬上にあり、手下が五人、駄馬《だば》を二頭曳いて、徒歩で従っている。

丹楓は、奈岐らに抵抗せず、されるがままに従ったに違いない。抵抗すれば、主人の身に危険が及ぶと感じたからであろう。

小田原の近くの寺に一宿を乞《こ》い、一坊《いちぼう》を使わせてもらった。

そこで、平助は奈岐より、段取りを伝えられた。

「明日、玉縄城へ入ったら、翌《あく》る朝までに綱成を殺せ」

「そのようにたやすくできることではない」

反駁《はんばく》しようとした平助だが、ぴしゃりとはねつけられる。

「おぬしの異見《いけん》など聞いておらぬわ。命ぜられたことをやるのじゃ」

時を移せば露見《ろけん》の恐れがあるので、奈岐は早々に事を終わらせたいのだ、と平助は察する。

「それがしが左衛門大夫どのを討ったところで、そっちは太衣良姫を解き放ちはすまい」

「さまで非道の女に見えるか」

「見えないな」

「なに……」

「おそらく、北条とのいくさで愛する者を失ってから、心が変わった」

平助にそう言われて、微かに動揺した奈岐は、それを隠すように、語気を荒らげた。

「乱世ではよくあることと申したいのか」

「お分かりだったとは、意外な」

平助はちょっと嗤《わら》う。

奈岐の平手が飛んだ。

「わたしは、北条のせいで、わが子を殺したのじゃ」

一瞬、激して口走った奈岐だが、すぐに、はっと我《われ》に返って、おもてをそむける。

（そういうことだったのか……）

平助は、奈岐が北条綱成を恨《うら》む理由を知りたくて、故意に挑発したのであった。

いまの一言だけでは子細《しさい》まで推量できかねるが、奈岐が北条のせいでみずからわが子を殺さねばならなかったというのであれば、恨みは深いであろう。

「姫は解き放つ。おぬしは、こちらの申すことを信じるほかないのじゃ」

昂奮《こうふん》を鎮《しず》めてから、奈岐は告げた。

「事が終わったとき、あの船にどうやって報《しら》せるのか」

「姫があの船の中とは限らぬぞ。もっとも、おぬしは、船がどこに碇泊《ていはく》しているのかも知るまいが」

たしかに、平助は知らない。古奈の隠し湯から船中へ、船中から箱根路へ、いずれのときも、移動の道中は眠らされていたのだから。

「姫の居場所へ誰がどのように報せるのか、おぬしに明かしはせぬわ」

「いまここで、奈岐どのも手下の五人も討って、探しにゆくと申せば、いかがいたす」

「やってみるがよい。もし船の碇泊していたところを見つけられたとしても、いまもそこにいるかどうか。海は広いぞ。それに、わが配下がおぬしの姿を見つけたがさいご、ただちに姫を殺す。幼子ゆえ、ひとひねりで済むであろうな」

「ならば、奈岐どのを人質にして、姫と取り替える」

「わが配下は取り替えに応ぜぬわ」

おかしそうに奈岐は笑った。

「かしらの命は救わぬのか」

「無用と命じてある」

奈岐は自分が死ぬことをまったく恐れていない、と平助には伝わる。

「よいか、魔羅賀平助。おぬしがこの先、いささかでも妙な動きをした、あるいは、この件について誰かに一言でも洩らしたとわたしがみなせば、姫を殺す。わたしがいったんその指示を出せば、もはやとめることはできぬぞ」

「では、玉縄城内にて奈岐どのと手下を討ち、どこへも報せることができぬようにしてから、姫を救う手だてを考えよう」

「どこであれ、わたしと供《とも》に何かあったときも、報せはゆく」

「そこまでできるとは思えない」

「試《ため》してみよ。わたしは一向《いっこう》にかまわぬ」

自信ありげな奈岐である。

（なんとしても左衛門大夫どのを殺したいのだ……）

太衣良も綱成も救う道は、いまの平助には見つからなかった。

五

相模玉縄城は、鎌倉鎮護の東相模の府とすべく、早雲・氏綱が二代にわたって心血を注いで築いた大城郭である。

その大手門の前まで、平助は緋色毛の愛馬・丹楓の歩を進めた。

馬上の平助は、南蛮具足《なんばんぐそく》を改造した真っ赤な角栄螺《つのさざえ》の兜《かぶと》と鳩胸胴《はとむねどう》を着け、腰に愛刀志津三郎を佩《は》いている。朱塗《しゅぬり》の鞍《くら》に取り付けられた柄立《えたて》に差した傘鎗の赤い笠も開いているので、さながら紅蓮《ぐれん》の炎に包まれて舞い降りた軍神である。

陣借りを望んで武将を訪問するさいの、これが魔羅賀平助の正装であった。

ただ、これまでと違うのは、平助に道連れがいることである。

妻と供衆が五人。

奈岐とその手下である。

奈岐も馬に跨《また》がっている。

門の番兵たちが、馳《は》せ寄ってきて、鎗衾《やりぶすま》を作った。

「何者か。名乗れ」

巨大な赤き人馬を前にして、いささかも恐れの色をみせないのは、さすがに北条氏随一の猛将・綱成の兵たちといえる。

「平助ではないか」

名乗る前に、門の櫓《やぐら》の廻縁《まわりえん》から声をかけられた。

その顔を、平助は忘れていない。

「善九郎《ぜんくろう》どの」

北条綱成の嫡男康成《ちゃくなんやすなり》（氏繁《うじしげ》）である。

五年前、上杉輝虎と関東諸将が小田原城攻めに失敗して退却するところ、これを善九郎が追撃したとき、平助も従軍し、この遮那の兄のために奮戦した。

「皆、鎗を引け。そのほうらが百人二百人でもかなう対手ではない。天下に鳴り響く陣借り平助であるぞ」

　番兵たちは、ただちに鎗を引いた。玉縄衆は、平助を初めて見る者でも、その武勇伝は誰もが聞かされている。

「いま、それへまいるぞ」

　善九郎がいったん櫓の中へ引っ込んだ。

　平助は、下馬《げば》し、

「下りよ」

　と奈岐を振り返って言った。

「お前さまの仰せのとおりに」

　微笑みながら、奈岐も下馬する。

　門内から善九郎が足早に出てきた。

「平助。その姿は、われらに陣借りを所望《しょもう》なのだな」

「お許しをいただければ」

「魔羅賀平助の陣借り所望を拒むばか者はおらぬ。いま平助がやってくるとは、天佑《てんゆう》ぞ。父上がご不在なのが残念よ」

善九郎は、うれしそうに平助の両肩に手をおいた。

「左衛門大夫どのはご他行《たぎょう》中にあられようか」

「御本城様《ごほんじょうさま》のもとだ。なれど、明日にはご帰城なさろう。平助との再会に、跳び上がってお喜びになろうぞ」

御本城様とは、小田原の北条氏康をさす。

平助は、ちらりと奈岐を見た。不在の綱成を翌朝までに殺すことはできない。

奈岐は表情を変えていなかった。

その奈岐に、善九郎がようやく気づいた。

「平助。それなる女子は」

「それが、その……」

平助が口ごもっていると、奈岐が前へ出た。

「奈岐と申します。魔羅賀平助の妻にございます」

「なんと……」

善九郎は、眼も口もぽかんと開けてしまう。

「魔羅賀平助が妻を娶ったのか……」

「押しかけ女房にござる」

奈岐に対する平助のせめてもの抵抗の一言であった。

にわかに、善九郎が表情を曇《くも》らせ、困惑げなようすをみせる。

「申し訳なきことにて……」

「何を謝ることがある。魔羅賀平助ほどの者、妻を娶り、血筋をのこすのがよいにきまっておるではないか」

同様のことを、五年前、綱成にも言われた平助である。綱成は平助が遮那の良人になることを望んでいた。

「ともあれ、城へ入れ。すぐに話したいことがあるのだ」

太衣良姫のことであろうか、と平助は思った。

善九郎は、家臣に命じ、平助らを客殿へ案内させておいて、みずからはどこかへ消えた。

（きっと遮那姫へ伝えにまいられたのだろう）

平助が女房連れであることを、会う前に知らせておかねばなるまい。

「松下半之丞《まつしたはんのじょう》と申す」

案内役の武士が名乗って、こちらへ、と先に立ったとき、その小袖《こそで》の袂《たもと》から何かひらひらと落ちるのを、平助は目にとめた。

「松下どの。お袂より何か落ちましてござる」

言われて、半之丞が落ちたものへ近づいて見る。

「羽毛《うもう》にございますな。今朝、若殿《わかとの》のお鷹狩にお供いたしましたゆえ、その折り、何かの拍子に袂に入ったものにござろう。なれど、お客人の前で不調法《ぶちょうほう》にござった。お赦《ゆる》し下されたい」

さしたることでもないのに、半之丞は深々と頭を下げた。

「いや。当方こそ、つまらぬ注意をいたした」

綱成が合戦に強いのは、こういう人間の錬《ね》れた家来を多く抱えるからであろう、と平助はあらためて感じ入った。

半之丞は、平助らを客殿の二間《ふたま》つづきの広い部屋へ案内して退《さ》がった。

兜と鎧を脱いで、小具足姿となった平助は、奈岐に訊いた。

「いかがする」

綱成のことである。小田原にいては手を出すことができない。むろん、平助は少しほっとしている。

「倅《せがれ》が明日戻ると申しておったではないか。明後日の朝までに殺せ」

にべもない奈岐である。

しばらくのち、善九郎自身が平助だけをよびにきた。主殿《しゅでん》の会所《かいしょ》で遮那が待っているという。

「善九郎どの。ひとつわがままをきいていただけまいか」

「何なりと言うてくれ」

「わが妻を同座させてもらいたいのでござる」

「女房どのを……」

善九郎は眉を顰《ひそ》める。

「奈岐は、みずからもいくさ場《ば》へ出る女子にて、それがしと一心同体。何事も共に、と言い交わしているのでござる」

「女の身で差し出がましいとは承知しておりますが、なにとぞお願い申し上げまする」

と奈岐も頭を下げた。

「平助は昔の遮那のような女子を娶ったのだな」

「昔の、とは」

平助が訊き返す。

「あの日以来、遮那はいちどもいくさに出ておらぬ。すっかり女らしゅうなってな」

あの日とは、平助が玉縄城より去った日をさすのであろう。

平助の心は痛んだ。同時に、気が重くなった。できれば斬り捨ててしまいたい女を、妻である、と遮那に引き合わせることになるのだから。

しかし、一方で平助は、昔の男から妻を紹介されたところで、遮那のほうは何とも思わないような気もする。恋愛においては、いつの時代でも、男は女々《めめ》しく、女は男々《おお》しいものと相場《そうば》がきまっている。だいいち、すでに遮那は子を産んだ母親なのだから。

そう思った途端、平助はあることに気づいた。

(妙だな……)

奈岐が語ったところでは、幻庵が遮那を久野に引き取らなかったのは御しがたい悍馬ゆえではなかったのか。平助と別れた日以後いちどもいくさに出ず、すっかり女らしくなったという善九郎の遮那への評と矛盾する。正しいのは当然、実の兄の話のほうであろう。

「よい。女房どのもまいられよ」

と善九郎より許しを得て、

「ありがとう存じまする」

礼を陳べ、平助には好きでたまらぬという風情《ふぜい》の笑顔を向ける奈岐であった。

主殿の会所の近くまできたところで、平助と奈岐にしばらく待てと言い置いて、善九郎だけ先に入った。平助の妻の同行を遮那に告げるためであろう。

「善九郎どのはご承知下されたが、遮那姫がやはりそれがしだけと言われたら、引き下がってもらう」

平助が奈岐に言うと、ふんと鼻で嗤われてしまう。

「おぬしはわたしに命令できる立場ではないぞえ」

「これで諍《いさか》いが起きれば、そなたの目的を果たすことはできなくなるぞ」

「そうならぬよう、おぬしがうまくやることじゃ」

待つほどもなく、女がひとりやってきた。遮那の侍女《じじょ》である。

その案内で、平助と奈岐は会所へ招き入れられた。

六

上座《かみざ》に、善九郎と並んで、艶《あで》やかな大輪の花が咲いている。そう思わせるほどの美貌は、平助にとって懐かしい遮那のものであった。

「これへ」

善九郎に促《うなが》され、平助は北条兄妹の前に座し、床に両 拳《りようこぶし》をつけて頭を下げた。奈岐は、妻らしく、やや後ろに控える。

「姫には息災《そくさい》のごようす。何よりと存ずる」

「平助どの。おもてをお上げなされませ。わたくしに畏《かしこ》まったご挨拶は無用にございます」

遮那の声は温かい。平助はおもてを上げた。

あらためて間近《まぢか》で見る遮那は、五年前に比べ、ほどよいまるみを帯びて、やわらかい印象であった。戦場を馳駆《ちく》して勝鬨姫と恐れられ、顔つきも躰つきも無駄というものがなかったあのころとは違い、まことに優美である。

「そなたが平助どのの奥方か」

と遮那が奈岐に声をかけた。

「奈岐と申します」

「天下無双の武人《もののふ》を良人にされたとは、女子として大手柄」

「はい。数多の女子が射止《いと》められませなんだ魔羅賀平助の心を、わたしひとりが射止めましてございます」

　棘《とげ》のありすぎる奈岐の言いかたであった。

　しかし、遮那に動揺の色がみられないので、平助は口を挟《はさ》まない。

「奈岐どのは平助どのとわたくしとのことをご存じのようにございますな」

「わが良人より聞いております。妻にしたいと心より思うた女人《にょにん》は、北条の遮那姫だけであった、と。むろん、わたしを除《のぞ》けばの話にございますが」

　聞きながら、平助は奈岐の真意を測《はか》りかねた。女として遮那に勝ったと匂わせることに何の意味があるのか。遮那の機嫌を損ねることは、綱成殺しの成功にはつながるまい。

「わたくしも、妻になりたいと思うたのは、平助どのだけにございました」

　遮那が微笑みながら応じた。

　そういうことをさらりと話せる余裕のようなものを、平助は遮那から感じて、少し安堵《あんど》した。

（やはり、それがしとのことは遠い昔の思い出のひとつになったのであろう）

　そう思うと、ちょっと切なくもなるが、仕方のないことである。あとは、遮那にとって美しく愉しい思い出であるよう願うばかりであった。

ところが、奈岐のほうが眦《まなじり》をあげて食い下がったではないか。

「畏《おそ》れながら、それは偽《いつわ》りにございましょう。もし遮那姫さまが妻になりたいと望まれた男が魔羅賀平助ひとりであったのなら、北条幻庵どのとの間に子をもうけはいたしますまい」

「御免《ごめん》」

即座に平助が、上座に向かって一言ことわるや、腰の右側の床に横たえてある愛刀志津三郎を執《と》り、奈岐の正面へ身を移した。北条兄妹に背を向け、二人の目から奈岐を隠すかっこうである。

「斬るのか」

平助に向かって、昂然《こうぜん》と奈岐があごを突き上げた。

「平助どの。女子を対手に、あなたさまらしゅうありませぬな」

奈岐に無礼なことを言われた遮那その人が、制止のことばを投げた。

「お直り下さいまし」

平助は直って、遮那に陳謝する。

「妻の非礼をお赦し下され」

「勝関姫の非礼に比べれば何ほどのことにございましょう」

そう言って笑ってみせる遮那に、思わず平助もおもてを綻ばせた。

平助は、勝関姫と恐れられていたころの遮那に、寝込みを襲われ斬りつけられた。期せずして、二人ともそのときの情景を心に蘇《よみがえ》らせたのである。

そうして二人だけを包んだ温《ぬく》もりに、奈岐が唇を嚙んだのを、平助は見逃さなかった。

（なぜだ……）

まことの妻が嫉妬したかのような奈岐の反応を、訝《いぶか》らざるをえない。

「平助の女房どの」

善九郎が奈岐に声をかけた。

「幻庵どのは遮那を孫むすめと思うて可愛がられ、遮那もまた幻庵どのを祖父と思うて慕《しと》うた。なれど、同時に男と女である。何かの拍子に思わぬ仕儀《しぎ》に至ったとしても誰も咎められまい」

「ご兄妹はおやさしい。わたしへの遠慮ならば、無用に願いまする。いえ、さようではござりませぬな。わが良人、平助へのお心遣《こころづか》いと推察いたしました。なれど、それも無用と申し上げまする」

「何を申しておる」

平助は贋《にせ》の妻へ不審の目を向けた。奈岐の言っていることが皆目《かいもく》分からない。しかし、善九郎と遮那を見やると、微かに表情を変えたように思われた。

「畏れながら、遮那姫さま。お子は姫君と伺《うかご》うておりまする」

「さよう」

「お名は、太衣良さま、と」

「そうじゃ」

「平助の平は、たいら、と読みまする」

奈岐の視線は、ひたと遮那の顔へあてられている。

(この女は何を……)

あっ、と平助は閃《ひらめ》いた。

太衣良の眸子。茶色がかっていた。あれは火明かりの具合によるものではなかったのだ。父親より受け継いだもの。

平助のその茶色がかった眸子を向けられた遮那が、目を伏せてしまう。

「当て推量か」

善九郎が奈岐に少しきつい語調で訊ねた。

「女子の勘にございまする」

「そうか。げにおそろしきは、よな」

溜《た》め息《いき》をつく善九郎である。

「遮那。もはや明かすほかあるまい」

「はい」

「この兄の口から申すか」

「いいえ。わたくしが申します」

「それがよいな」

「平助どの……」

遮那が、居住まいを正して、平助を真っ直ぐ見つめた。

「たったいまお気づきになられましたな。そのとおり、わがむすめ太衣良の父親は、あなたさまにございます」

「それがしが玉縄を去るとき、身籠《みご》もられたことにはまだ気づいておられなんだのでござろうか」

そんなことを言うつもりのなかった平助だが、奈岐の殺気にも似た視線を感じ、ことばを選んだのである。

どんなささいな一言でも、奈岐がどうみなすかによって、太衣良の生死を左右する。太衣良がわが子と知ったいまは、言動にはなおさら慎重を期さねばならない。

「いや、平助。遮那は気づいていた」

代わりに善九郎がこたえた。

「なれど、平助には生きかたを変えてほしゅうないと申してな」

「それは……」

平助は口ごもった。

風の向くまま気の向くままに天下を流浪《るろう》し、なんぴとにも制せられることなく、おのれの思うさまの日々を送る。腹がへれば食べ、眠くなれば眠り、戯《たわむ》れたくなれば戯れ、血が滾《たぎ》れば陣借りして戦場を駆ける。それが魔羅賀平助の生きかたであった。妻子を得て一所《いっしょ》に落ちつくのは、似合わない。

「よもや平助がこうして妻を娶るとは、思いもよらなんだ」

この善九郎の一言には、ちょっと咎めるような響きがあった。

「兄上」

遮那姫が、奈岐を気遣い、小声で善九郎をたしなめる。

「風の噂でも北条の遮那姫が魔羅賀平助の子を産んだと伝わっては、平助も穏やかではいられぬであろうからと、遮那みずから幻庵どのに頼み、父親になって貰《もろ》うたのだ。それゆえ、太衣良が平助の子と知る者は、北条でもごくわずかしかおらぬ。名付けたのも、幻庵どのということになっておるが、申すまでもなく遮那よ。いま女房どのが言うたように、平助の平からとったのだ」

気随気儘《きずいきまま》の生きかたをする者は、余人《よじん》に恨まれたり悲しい思いをさせたりする。その因果がおのれにめぐってきたのである。だからといって、平助は生きかたを変えるつもりはない。

ただ、遮那が、産んだ女児に、たいらと名付けた気持ちを忖度《そんたく》すると、しぜんと謝罪の念が湧いてくる。

「姫。それがしは……」

「何も申されますな」

平助の心を読んだように、遮那が先んじて言った。

（そうだ、謝ってはなるまい）

父親の謝罪は逆に、産んだ母親も、生まれたむすめも侮辱《ぶじょく》することになろう。

「これですきといたしました」

奈岐が、ことばどおり、晴れやかに言った。

「わが良人が玉縄の北条どのに陣借りすると申しましたとき、もしやして遮那姫さまのお子は良人の胤《たね》で、そのことをわたしに隠したまま、会いたいからではないのか、と疑《うたご》うたのでございます。なれど、そうではなかったといま分かりましてございます。遮那姫さまには無礼を申しましたが、身分賤《いや》しき女の悋気《りんき》とお蔑みになって、どうかお赦し下さりませ」

「赦すも赦さぬもありませぬ。良人がかつて心を通わせた女子のところへ行くなどと申せば、妻なら何かと疑うて当然にございましょう」

「こうとなりましては、どうかわが良人に、太衣良姫さまを対面させてやっていただけませぬでしょうか。わたしもお会いしとうございます。むろんのこと、太衣良姫さまの前では、まことの父親であるなどと、口を裂かれても決して申しませぬ。なにとぞお聞き届け願わしゅう存じまする」

ひと息にそう言って、ひたいを床にすりつけた奈岐に、

(どういうつもりか……)

平助はなかば茫然《ぼうぜん》とした。

太衣良がここにいないことを誰よりも知るのは、奈岐である。平助には一言も洩らすなと強要しておきながら、みずから危うい橋を渡ろうとでもいうのか。なんのために。

それとも、たんに遮那をいたぶりたいだけなのか。とすれば、奈岐は遮那その人へも恨みを抱いているのかもしれない。

「遮那。もはやこのことも明かすほかあるまいぞ、そなた次第だが」

善九郎が妹の諒解を求め、

「よろしゅうございます。どうぞ」

促されて、うむ、とうなずいた。

「平助。実は、太衣良は五日前、安房里見の者らにかどわかされたのだ」

「なんと」

と驚声を洩らしたのは、奈岐である。

五日前の朝、城の女たちは城外の野へ若菜摘《わかなつ》みに出た。活発な太衣良は、若菜摘みに飽きると、侍女や警固《けいご》の侍たちを対手に、大好きなかくれんぼを始めた。その間に里見の者らにかどわかされた、と善九郎は明かした。

「里見の者らとどうしてお分かりに」

平助が訊ねた。

「かどわかされたとまだ判明しておらぬとき、警固人のひとりが、何やら荷を担いで走り去ってゆく七、八人の男を見て、その者らの声を聞いた。あわやかたにお褒《ほ》めいただけようぞ、と。そのときは何のことやら分からなかったようだが、のちに気づいたのだ。あわやかたとは、安房屋形ではないかと」

安房屋形といえば、里見義堯《よしたか》・義弘《よしひろ》父子である。

「それで警固人は、男たちの腰の刀の鐔《つば》が角形《かくがた》であったことも思い出した。里見氏は海賊衆だ。刀に角形の鐔を用いる者が多い」

揺れる船上で、刀を置いたときや取り落としたとき、丸形の鐔では転がっていってしまう。

「われらは人数を繰り出し、房総《ぼうそう》へ通じる道という道を探し、湊《みなと》へも人を遣《や》った。そして、浦賀《うらが》より出た漁《いさ》り船《ぶね》が一艘《そう》、夜になっても戻らぬことを知った」

相州三浦《みうら》半島の東海岸に位置する浦賀湊は、天然の良港で、北条水軍がおかれ、漁業も盛んである。

「われら北条は、よもや浦賀に里見の者らが入り込むとは思うてもおらぬ。その油断をつかれたというほかない」

「浦賀水道を渡るのに、矢倉《やぐら》を持つような大きな船ではなかったのでござろうや」

「そうした軍船や商船ならば、出入りのさいに北条水軍の者らが検める。沿海で用いる漁り船であっても、里見の水夫《かこ》ならば浦賀水道を跨いで安房まで往く技を身につけておろう」

　その漁り船はめくらましにすぎない、と平助には分かる。太衣良が囚《とら》われていたのは、矢倉下に室《へや》のある船であった。

「里見は何のために太衣良姫さまをかどわかしたのでございましょう」

　善九郎に質問したのは奈岐である。いけしゃあしゃあとしたものであった。

「人質取り替えのためであろう。北条には、二年前の国府台合戦で捕らえた名ある武士がいまだ幾人《いくたり》もいるゆえな」

「早《はや》、その交渉が」

「いや。里見はまだ何も言うてこぬ」

「ならば、里見にはべつの思惑があるのではございませぬか」

「べつの思惑とは」

「それは……」

　なお奈岐が話をつづけようとしたので、

「奈岐。控えよ」

　と平助が遮《さえぎ》った。

「よい、平助。女房どのに語らせよ」

善九郎は聞きたがった。

「畏れながら、遮那姫さまは昔、里見左馬頭《さまのかみ》義弘に嫁がれたその日に、舅《しゅうと》の刑部少輔《ぎょうぶしょうゆう》義堯の寝首を掻こうとなされたと聞いております。そのため、激怒した里見父子は、遮那姫さまを荒磯の岩屋に押し込み、下賤《げせん》の……」

遮那がはっとし、同時に、

「やめよ」

振り向きざまの平助の拳が、奈岐の顔を捉《とら》えた。かに見えたが、奈岐は、一瞬前に予期したものか、その拳を両手で受け止めた。

「お前さま、何をいきり立っておいでじゃ。遮那姫さまのこの武勇伝は、こちらではよく知られていることではありませぬか」

にたり、と奈岐は口許を歪める。

岩屋に押し込み、まではたしかに奈岐の言うとおり、かつて関東に広まった勝関姫の武勇伝である。だが、下賤の、からを知る者は北条にはいない。遮那の兄である善九郎も、父である綱成でさえも知らない。

ひとり平助だけが、遮那自身の告白によって知っている。

里見父子は、下賤の男どもに、遮那姫をかわるがわる犯させたのである。

里見の者である奈岐なら、その事実を知っていてもおかしくはない。

「平助。どうしたというのだ。久々に会《お》うた魔羅賀平助は、どこか変わってしまったように見えるぞ」

善九郎から吐息まじりに言われ、平助はまたもとの座へ直った。

遮那の視線が痛い。

二度と思い出したくないあの秘密を、なぜ自分ひとりの胸にしまっておいてくれなかったのか。この世でただひとり信じた男であったのに、とその眼が非難しているように平助には思えた。しかし、何も言えない。太衣良の生殺与奪の権が奈岐の手のうちにある。

「つまり、女房どのは、いまだ里見が遮那を憎んでおり、遮那を苦しめることが目的ではないかと申したいのか」

「遮那姫さまを里見へ送りこまれた左衛門大夫どのも。あまつさえ、左衛門大夫どのは、国府台合戦では奇襲をもって里見を散々に打ち破り、北条方随一の手柄であったと伝わっておりまするゆえ」

玉縄衆の猛攻の前に、乗馬《じょうめ》と伝家の名刀まで失った里見義弘は、たしかに綱成を憎んでいるかもしれない。

「里見の当主は左馬頭であっても、実権は父の刑部少義堯《ぎょうぶのしょう》にある。昔の恨みつらみだけで幼き姫をかどわかすほど、刑部少は器《うつわ》の小さい男ではない。やはり人質取り替えのためとみるべきであろう」

安房一国を領し、里見氏を戦国大名へと成長させたのが義堯である。

「女の浅知恵《あさぢえ》でつまらぬことを申しました」

奈岐は、横目で平助を見やりながら、善九郎に向かって頭を下げる。

嗤笑《ししょう》を含んだその悪辣《あくらつ》な表情を、平助は両拳を握りしめて怺《こら》えた。

遮那が凌辱された一件を奈岐が引っ込めたのは、やりすぎと思ったからなのか、あるいは充分に愉しんだからなのか。きっと後者であろう。

「先刻、平助の陣借り所望を天佑と申したのは、この一件に力を借りようと思うたからだ。太衣良が平助のむすめであると明かさずにな。里見と人質の取り替えをするにせよ、いくさになるにせよ、陣借り平助がいてくれれば心強い」

善九郎はなおも語を継いだ。

「しかしながら遮那は、それでは平助を騙《だま》すことになるので、いっそ何も知らせてくれるなと申した。なれど、わしは、平助の女房どののほうから太衣良のことが持ち出されたことで、こうしてすべてを明かすに至ったのは、むしろよかったと思うている。平助にも様々な思いはあろうが、太衣良を取り戻すまでは遮那のそばにいてやってくれ」

　それから善九郎は、奈岐へ視線を向けた。

「女房どのもそれでよろしいな」

「わたしもともに遮那姫さまのおそばにおりまする。ね、お前さま」

　にこっ、と奈岐は満面の笑みを泛《うか》べる。

　日が暮れて、あたりが薄暗くなる中で、その笑顔は、平助には鬼面《きめん》のように見えた。

七

　平助らが、夕餉《ゆうげ》を終えて、客殿へ引き取ってしばらくのち、声もかけずにいきなり戸を開け、踏み入ってきた者がいる。

　火明かりに照らされたのは、ひょろりと長身の若者である。

「無礼な」

　奈岐が睨み返した。

「へえ、この女が陣借り平助の女房か……」

ためつすがめつ、若者が奈岐を眺める。

風貌と、はなから無遠慮なそのさまから、若者が何者であるか、平助は気づいた。

「なんともよく伸びたものだ、風魔《ふうま》の小鬼《こおに》」

「よう思い出したな」

小鬼は、にいっと笑う。

相州乱破《らっぱ》の風魔衆の首領・小太郎《こたろう》の子である。

五年前、箱根路の断崖から転落しそうになっていた男の子を、身を挺《てい》して助けた平助だが、それは、小太郎が小鬼を使って仕掛けた罠にまんまと嵌められたのである。

北条氏に仕《つか》える忍びではあっても、その一方で、本来の生業である偸盗《ちゆうとう》もやめないのが、風魔衆であった。

「安房より戻ったのか」

太衣良の行方を探るべく風魔衆を安房へ放っていることを、さきほど会所で善九郎より聞かされた平助である。

「ああ。いま若殿と遮那さまに返り申してきたところさ」

返り申しとは復命のことである。

「あんたに訊かれたことには何でもこたえよと命ぜられたよ」

「太衣良姫の居場所は」

「突き止められなかった。風魔衆の目にとまらないのだから、姫は房総にはいないぜ、きっと。それとも、とうに殺されたか」

まともな家臣なら口にするのを憚《はばか》ることでも、小鬼は平気である。

「二つばかり、気になることがあったしな」

「ひとつは」

「まず里見父子が太衣良姫のかどわかしを画策したという形跡を辿《たど》れなかった。となると、家臣の誰かが勝手にやったことかもしれないんだ」

「もうひとつは」

「里見に、紅火《こうか》とよばれる女忍びがいる」

そこで小鬼は、控えの間との仕切り戸のほうへ、わずかに視線を動かした。控えの間には奈岐の手下どもがいる。

不穏の気を、小鬼は感じたらしい。平助も感じている。

しかし、小鬼は何事もなかったように、語を継いだ。

「おれは闘《たたか》ったことはないけど、お父《とう》に言わせると、里見忍びではいちばん恐ろしいそうだ。この紅火の姿が見えない」

「では、その女忍びが太衣良姫をかどわかして、どこか里見の領外に隠れたと」

「お父はそうみてる。紅火が遮那さまをひどく憎んでることが分かったからな」

「どういうことだ」

「昔、紅火は里見左馬頭の想《おも》い女《め》で、子を身籠もった。ところが、左馬頭が遮那さまを正室に迎えることになった。そのころは勝鬨姫の異名をもつ情のこわいお人だったから、のっけから北条方の心証を悪くしたくないっていう思惑もあったんだろう。遮那さまを憚って、左馬頭は紅火に子を堕《お》ろすよう命じたんだ。和睦《わぼく》の証《あかし》の婚姻だったけど、先に事をしでかしたのは、遮那さまのほうだった。あんたも聞いてると思うが、里見へ嫁いだその日に舅の刑部少を殺そうとした。それで、和睦は破れた。主家と左馬頭への思いから泣く泣く腹の子を流した紅火にすれば、腸《はらわた》が煮えくり返って当然だろうな」

「そういうことだったか……」

平助は奈岐のほうを見ない。もはや奈岐がその紅火であることは明白である。

奈岐が誰よりも憎む対手は、北条綱成ではない。遮那である。

遮那の愛娘《まなむすめ》を奪い、その愛娘の父で遮那がただひとり愛した男に、遮那自身の父を殺させる。すべては、遮那を苦しめるため。

会所において、奈岐が遮那をそれとなくいたぶるようなことばかり口にしたのも、その憎悪の発露であろう。遮那の表情を窺《うかが》っては暗い愉悦に浸《ひた》っていたに違いない。

そして、最後は太衣良も綱成も平助も殺し、遮那だけをその地獄の責め苦のような思い出の中で生き長らえさせる。それが奈岐の望みなのだ、とようやく平助にも分かった。

よほど業《ごう》の強い女なのであろうが、ほかにもその憎悪を増幅させる何かがあったはず。

「紅火という女忍びに親兄弟はいるのか」

平助は小鬼に訊いてみた。

「上総池和田《かずさいけわだ》の多賀越中守《たがえっちゅうのかみ》が父親だとか。けど、国府台合戦で討死《うちじに》している。池和田城を守っていた兄弟も、北条軍に攻められ、みずから城に火を放って皆、自刃《じじん》した」

それで充分である。愛した左馬頭が腹の子を守ってくれなかったこと。みずから子を流したこと。親兄弟が悉《ことごと》く戦死したこと。奈岐にとって、おのれに降りかかった悲劇は何もかも、遮那によって引き起こされたことなのだ。

荒磯の岩屋で遮那を凌辱するよう男どもに命じたのも、里見父子ではなく奈岐だったのではないか、といまの平助には思える。

ここまで奈岐はまったく口を挟まないが、理由は平助にも想像がつく。風魔衆がどこまで探りあてたのか知りたいのである。遠からず露見する出自《しゅつじ》や、北条を憎む理由などは、いまさら平助に知られたところで、どうということはないのであろう。

「それで、小鬼。風魔衆はいずこを探索するつもりか」

「関東中の北条に敵対する者らの土地さ」

「広すぎる」

「仕方ないだろ」

「小太郎が言うたように、紅火が恐ろしい忍びならば、意外の策を……」

「お前さま」

ここで奈岐が口を挟んだ。風魔衆はまだ肝心のところに到達していないと知ったからである。

「また明日になされませ。そちらも安房より戻られたばかりなら、お疲れにございましょう」

「おれは疲れてないよ。風魔はそんなやわじゃない。まあ、でも引き上げよう。あんたら夫婦の睦まじいところを見たら、おれも女の肌が恋しくなった」

小鬼は、踵を返しかけて、しかし、にわかに控えの間との仕切り戸へ寄り、手をかけるや、いきなり開いた。

奈岐が思わず腰を浮かせる。

奈岐の手下どもも、慌てて、それぞれ荷に触《さわ》ったり、何か考えているふりなどをし始めた。

ひとりだけ、隅のほうの薄暗がりに入り、小鬼に背を向けた。

「若殿から、陣借り平助が家来をもったって聞いたけど、なあんだ、たった五人か」

拍子抜けし、小馬鹿にしたように言う小鬼を、平助は逆に嗤った。

「たった五人でも、百戦錬磨の者ら。小便くさい小鬼とは違う」

「おれが小便くさいだと」

「五年前に会《お》うたときは、毎日のように、明け方近くなると洩らしそうになって厠《かわや》へ走っては、間に合わず、転んで小便まみれになっていたことを思い出す。いまも、あのように寝小便をするのかな」

頼む小鬼、と平助は奈岐に気取《けど》られぬよう一瞬目配せした。

「おれがそんなことを……。ちぇっ、まだ憶《おぼ》えてやがる。やっぱりいやなやつだ、魔羅賀平助は」

憤然と小鬼は出ていった。

奈岐が疑っているようすはない。

（さすが風魔の小太郎の跡取《あとと》り。勘が鋭い）

八

暁闇《ぎょうあん》。

寝床で、平助は苦しげに唸りつづけている。

「腹が痛いのか」

枕を並べる奈岐が、疑うように訊ねた。

「いささか」

「厠へ立つふりをして主殿へでも走るつもりか」

「太衣良姫がわが子と知ったのだ。そんなばかなまねはせぬ。厠までついてくればよかろう。ここで垂《た》れ流してもよいというのなら、さよういたすが」

奈岐は、舌打ちを洩らしながら上体を起こし、平助の手首とおのれのそれを結びつけてある紐《ひも》を解くと、控えの間の手下をよんだ。

起き出てきた二人が、手燭を持ち、平助の前後について、廊下へ出た。

夜気《やき》が冷たい。

闇の中、庭に仄白《ほのじろ》く点々と浮かぶものが見える。白梅《はくばい》だ。

廊下を曲がり、渡殿《わたどの》を伝い、別棟の廊下の突き当たりまで進んだ。

「おそらく腹下《はらくだ》しゆえ、少々、手間取るやもしれぬ」

厠の前に立った平助は、腹を押さえながら、手下どもにことわった。

「あ、もう……」

切迫した声をあげ、尻を押さえる平助を、手下どもは戸を開けて中へ押し込み、手燭もひとつ持たせて、急いでぴしゃりと閉めた。

客殿の厠は、大層、立派なものである。板敷《いたじき》の小便所と、明かり障子も棚も付けられた二畳敷の大便所とが腰の高さほどの壁で仕切られ、香炉《こうろ》も置かれている。

平助は、大便所へ入ると、壁際《かべぎわ》の結燈台《むすびとうだい》に火を移した。

「待ちくたびれた」

壁際に横たわっていた先客が、小声で文句を言った。

「よく察してくれたな、小鬼」

平助も声を落とす。

「あんたの女房どの、紅火なのだろう」

「はなから気づいていたのか」

「いや。あんたの家来の中に、里見忍びの者を見たときだ。おれが控えの間の戸を開けると、ひとりだけ背中を向けた。国府台合戦に際して里見の動きを探っていたとき、刃《やいば》を交えたやつだって思ったのさ」

「それだけで気づくとは、たいしたものだ」

「それだけじゃないよ。若殿がいまのあんたは変だって言ってたから。女房を娶るのはまだしも、家来を連れるなんて、孤高の陣借り平助らしからぬって。それに、女房にやさしくないのも、魔羅賀平助じゃないって」

「そうか。善九郎どのはようみておられる」

「で、一体どういうことだい」

「その前に、それがしもひとつ気になったことがある。先にそれに、こたえてほしい」

「いいよ、おれに分かることなら」

「太衣良姫をかどわかした男たちを里見の者らであると申したという警固人は、どこにいる」

北条方の探索が房総に向けられることになったのは、男たちの発した安房屋形といることばと、腰の刀に海賊衆が用いる角形の鐔をつけていたという、警固人の証言を誰も疑わなかったからである。それが、最初から太衣良姫の監禁場所へ探索の手を届かせないためのめくらましであったとすれば、警固人も奈岐の一味ということになる。

「松下半之丞のことか」

と小鬼が言った。

「いま、松下半之丞と申したか」

平助らを客殿へ案内した者である。

「そうだよ。若殿の馬廻衆《うままわり》だけど、どこにいるかって言われても、城下の馬廻衆の長屋《ながや》か、今夜が宿直番《とのいばん》なら主殿の内だと思う」

「半之丞の素生《すじよう》は」

「関戸《せきど》一族の生き残りの者の子さ。それが松下三郎左衛門《さぶろうざえもん》家の養子になった。忠義者で知られている」

「関戸一族とは、あの播磨守吉信《はりまのかみよしのぶ》の一族なのか」

「陣借り平助は昔の武将のことにも詳しいんだな」

伊豆の堀越公方《ほりごえくぼう》・足利茶々丸《あしかがちゃちゃまる》が伊勢宗瑞に討たれたとき、茶々丸の傅役《もりやく》として戦い抜き、最後は居城である伊豆下田《しもだ》の深根《ふかね》城で一族もろとも滅んだのが関戸播磨守吉信である。

もし半之丞が関戸一族の無念をひそかに一身に引き受けていたのなら、奈岐と通じることは充分にありえよう。

（あの船は下田の海に碇泊していた……）

いや、違う、と平助は思い直す。古奈温泉からは遠すぎる。眠らされていたとはいえ、平助の感覚では、もっと近いところの海だ。

「松下家の本貫地《ほんがんち》はどこか」

「伊豆の西浦《にしうら》。三津《みと》湊のあるところさ。だから、三郎左衛門は北条水軍の一翼を担っている」

三津なら古奈温泉に近い。

「小鬼。松下半之丞は駿足《しゅんそく》を持っているか」

太衣良を監禁している手下どもへの連絡法に、奈岐は自信ありげであった。

ひとつには、よもや善九郎の家臣が一味と疑われることはないからであろう。家臣が連絡係なら、北条方は気づきようがない。

さらに、もうひとつ、連絡が素早くなされることも、奈岐は匂わせた。とすれば、半之丞の乗馬が駿足ということではないのか。

「馬廻だから、いい馬は持ってるだろうよ。けど、評判になるほどの名馬ではないと思う。あんたの丹楓のような駿足は、どこにもいやしないさ」

「そうか……」

「どうして松下半之丞のことをそんなに気にするんだい。よもや、紅火の一味だっていうんじゃや……」

「その、よもやだ。太衣良姫は、三津湊で船の中に閉じ込められている」

「本当かい」

「それがしが明日、いや、もう今日だな。左衛門大夫どのを討たなければ、太衣良姫は殺される」

「ちょっと待ってくれよ。話が飛びすぎてるぜ」

明かり障子より、夜明けの微光《びこう》が洩れ入ってきている。

どんどん、と厠の戸が外から強く叩かれた。

「まだか。早《はよ》うせねば、ひきずり出すぞ」

奈岐の手下の声だ。

「いま尻を拭うところだ」

平助は、戸のほうへ返辞をしてから、また声を低めた。

「小鬼。左衛門大夫どのも太衣良姫も救うには、半之丞を決して三津へ走らせぬことなのだ。ただちに半之丞を捕らえてもらいたい。それがしを信じて従え」

「いいよ。けど、これで、魔羅賀平助にひとつ、貸しだからな。いつか返してもらうぜ」

「承知」

「まずは主殿へ行ってみる」

「頼んだ」

平助は、急ぎ、厠を出た。

そのとき、物音がした。平助らがあてがわれた部屋のほうからである。

奈岐の手下二人は、一瞬、おもてをひきつらせたが、一方が脇指《わきざし》を抜いて切っ先を平助の喉頸につけ、他方は先に走りだした。

平助は抗《あらが》わない。脇指を奪って仆《たお》すのはたやすいが、まだ何が起こったのか分からぬうちに奈岐の手下を殺すことはできかねる。

「往け」

促されて、平助も、切っ先をつけられたまま小走りに足を送った。

ぎゃっ、と悲鳴があがった。

渡殿まで戻ると、そこから庭が見渡せた。

すでに灯火は必要ない。曙光《しょこう》が、庭の白梅の木の前にひろがる光景を、くっきりと浮かび上がらせていた。

「勝関姫……」

鉢巻《はちまき》、小具足姿の遮那が、血でぬらつく太刀を八双《はっそう》につけている。

対するのは、奈岐。白い寝衣姿のまま、鎖鎌の鎌の柄を右手に立て、柄の上端部に付けられた鎖分銅《くさりふんどう》の端《はじ》を左手に持つ。鎖は胸の前を横断して、ぴんと張られている。

地には、奈岐の手下が三人、横たわる。ひとりは、いま厠の前から戻ったばかりの者だ。いずれも事切《ことき》れている。

（遮那姫は、小鬼の返り申しを聞いて、きっと……）

太衣良姫がかどわかされて間もないときに、妻と家来を伴って突然現れた平助の不審な言動。やさしいはずの平助が妻へ情愛を示さず、奈岐は奈岐で平然と非礼をなす。そこへ、遮那に恨みをもつという里見の女忍びが安房から消えた話。賢い遮那が推量できぬはずがないではないか。

となれば、五年前に捨てた分身を蘇らせても不思議ではない。果断で、闘争心溢《あふ》れる勝関姫を。

たったひとりで乗り込んできたのも、勝関姫らしいやりかたである。

「魔羅賀平助。これで太衣良姫の死はきまったと、遮那姫に教えてやるがよいわ」

平助に気づいた奈岐が、わめいて、高笑いをした。

虚勢ではない。奈岐からは自信が伝わる。

(もうひとりの手下はどこだ)

あたりを見回しても、影も形もない。おそらく、松下半之丞へ急報しにいったのだ。

半之丞が宿直番で主殿にいるのなら、小鬼が捕らえてくれるであろう。が、城下の長屋にいて、先に手下の急報を受ければ、ただちに三津へ走るに違いない。

事ここに至っては、駆け引きのときは過ぎた。

平助は、脇指を突きつけてぴたりと寄り添っている手下を、肘《ひじ》うちの一撃で吹っ飛ばした。あごの砕《くだ》ける音がした。

廊下を伝って部屋まで戻った平助は、志津三郎だけを手にすると、庭へ跳び下りた。

そのまま遮那の後ろを駆け抜けながら、声をかける。

「姫。ご存分になされよ。われらの子はこの父が必ず救いだす」

遮那の美しいおもてが、さらに輝いた。

対して、奈岐のおもては、醜く歪む。

遮那の耳に、甲高い笛の音が聞こえた。懐かしい指笛。平助が丹楓を呼んでいるのだ。

「奈岐。いや、里見忍びの紅火よ。そなたには分《ぶん》をこえた男じゃな、魔羅賀平助は」

「なに……」

「流すほかなかったお子のことは同情いたそう。なれど、それとこれとは別儀《べつぎ》」

遮那が踏み込んだ。

応じて、奈岐は、左足を引きながら、左手から鎖分銅を放し、踏み込んできた遮那の右足へ搦《から》めた。と見えたとき、遮那はみずから太刀の切っ先を下げて鎖に搦ませておいて、柄《つか》も放し、奈岐の背後へ身を移している。

遮那の鎧通《よろいどおし》が、奈岐の喉笛を搔き斬った。

女忍びの白い寝衣は真っ赤に染まり、舞い立った血飛沫《ちしぶき》が白梅を紅梅《こうばい》に変えた。

他方、平助は、馬具をみずから口にくわえて馳せつけた丹楓に、手早く鞍と鐙《あぶみ》をつけ、一気に大手門まで達している。

「これは、魔羅賀どの」

門番らが驚いた。

「少しばかり前、ご家来が、あるじの火急《かきゅう》の用で城下へ往かねばならぬと出ていかれたばかりにござるが……」

ご家来とは、奈岐の手下の最後の生き残り。いま松下半之丞は城内の主殿ではなく城下の長屋にいるのだ。

「馬廻衆のお長屋はどこに」

「あのあたりが……」

と門番は、下方にひろがる城下町の一角を指さしてみせる。

「かたじけない」

平助は愛馬の馬腹を蹴《け》った。

「急げ、丹楓」

城郭の九十九《つづら》折りの道を一気に駆け下り、たちまち城下の町中へ躍り込むと、一散に馬廻衆の長屋をめざす丹楓であった。

長屋の一軒から、男がひとり出てきた。奈岐の手下である。

迫る破格の人馬に恟《ぎょ》っとした手下が、背をみせて逃げだした。

下馬した平助がその一軒の中へ走り込む一方で、瞬時に手下に追いついた丹楓は、これをひと蹴りで殺してしまう。

屋内へ踏み入った平助は、そこに人けのないのを感じた。

（早くも出立したのか……）

音。聞き覚えがある。

船内では、毒を盛られて朦朧《もうろう》とし始めたときで、しかと聞き定められなかったが、いまは分かる。

鳥の鳴き声。海鳥ではない。

鳩だ。

家の裏手から聞こえてくる。

平助は、屋内を駆け抜け、裏庭へ躍り出た。

松下半之丞の背が見える。その手が、空へ向かって鳩を投げ上げた。

鳩の頸《くび》に、小さな布袋《ぬのぶくろ》が結《ゆ》わえつけられているではないか。

（しまった……）

平助は、おのれの不覚を詛《のろ》った。

子どものころ、マラッカで暮らし、駐在ポルトガル軍の人々とも交わった経験をもつ平助は、かれらが軍事通信用に鳩を用いることがあったのを知っている。鳩の強い帰巣《きそう》本能に着目して訓練したもので、いわゆる伝書鳩《でんしょばと》である。

日本に来てからこれまで、伝書鳩などいちども見たことがなかったから、この国ではまだそういう手段は創《はじ》められていないのであろう、と平助は思っていた。史実としては、江戸時代中期には米相場の抜け商いに伝書鳩を悪用した者がいるそうだが、しかし、情報伝達の遅速が文字通り死命を制した戦国時代にこそ、天下のあまたの武士の中に、これを思いつく者がいたとしても、まったく不思議ではないのである。

昨日、半之丞の小袖の袂から落ちた羽毛。あれは、飼育・訓練をしている鳩のそれであったのか。

鳩の頸の布袋の中に、奈岐の命令がしたためられた紙が収まっていることは、疑いようもない。太衣良を殺せという。

平助は、足許に石ころを見つけ、拾いあげた。だが、飛び立った鳩めがけて投げつけようとして、半之丞の振り向きざまの抜き打ちを浴びせられた。

これを跳び躱《かわ》しながら投げた石は、空中の的《まと》を外してしまった。鳩が遠ざかる。

平助は、志津三郎を鞘走《さやばし》らせ、半之丞を真っ向から斬り下げた。

見上げれば、朝空高く鳩が吸い込まれてゆく。もはや、なす術《すべ》はない。絶望感に襲われた。


鎖鎌を突きつけられても毅然《きぜん》として怯《ひる》まない太衣良の姿が、脳裏《のうり》をよぎった。

(追うのだ)

間に合わないときめつけることはない。伝書鳩が迷って目的地へ辿り着けないこともめずらしくないのだ。

平助は、長屋を走り出ると、待っていた丹楓の背へ跳び乗った。

「平助」

後ろから呼ばわったのは、馬上の小鬼である。配下を数騎、引き連れている。

「これより三津まで走る」

と平助は告げた。

「くそ、半之丞は逃げたあとだったのか」

「鳩だ」

「鳩《と》って……」

「説いているひまはない」

丹楓、往け、と平助が愛馬に命じ、巨大な人馬は、いきなり瞠目《どうもく》の速さで走り出した。

「おうい、おれたちの馬じゃ、追いつけないぞ」

小鬼は、舞い上がる砂塵《さじん》の中へ没し去った平助を呼ばわったが、聞こえてくるのは、急速に小さくなってゆく馬沓《うまぐつ》の音ばかりであった。

九

アラブ種の速さと日本種の頑健さを兼ね備える丹楓は、二十里をゆうに超える道のりを、ごく短い休憩を幾度かとっただけで走破した。

おかげで平助は、日のあるうちに三津湊へ到着できた。

道中、様々に思いめぐらせてきた。

太衣良のかどわかしに松下三郎左衛門が関わっているとは思われない。関戸一族の裔《すえ》である半之丞ひとりの怨念によるものであろう。とすれば、松下家の現役の船を勝手に使うことはできまい。使えるとしたら、老朽化したので解体を待つばかりの船ではないか。

北条武士に訊ねて胡乱《うろん》なやつと疑われては厄介なので、浜辺で遊ぶ漁師の子らに声をかけた。子どもというのは、おとなが思っている以上に、自分の住む土地の事情に詳しいものである。何より、あまり人を疑わないのがよい。

「あそこに、ほら、見えるだろ。あの船、松下家のものだけど、ぼろになったから、そのうち壊すらしいよ」

湊から少し離れた、岩場の陰になって見過ごしそうな小さな入江に、矢倉をもつ船が一艘、浮かんでいた。

「ありがとう」

平助は、その入江まで往くと、船上に人影は見当たらないものの、岩陰から岩陰へと慎重に移動して海へ入り、船に向かって潜水してゆく。

ほどなく、舷側《げんそく》にとりついてよじ登り、音を立てずに船内へ忍び込んだ。

だが、人の気配はまるで感じられない。

自分が手枷を嵌められ監禁されていた一室を見つけたものの、それだけである。太衣良はおろか、人っ子ひとりいなかった。

伝書鳩で報せをうけた奈岐の手下たちが、太衣良を殺して逃げた。そう認めたくはなくとも、認めるほかない。

太衣良は海へ投げ捨てられたのであろうか。

平助は、ふたたび入江に飛び込み、周囲を見回して、途方に暮れた。

それでも、意を強く保《も》って、潜水を繰り返した。発見したくない亡骸《なきがら》を発見するために。

徒労に終わった。

水平線に落日が迫っている。

平助は、おのれの重い躰を陸に上げ、力なく入江をあとにした。ふやけた手足の先があまりに滑稽《こっけい》で、涙が溢れそうになった。

自分の子を死なせたのだ。これでは奈岐と同じではないか。

いましがたの浜辺まで戻ると、子どもらはまだ遊んでいた。

平助の足がとまる。

疲れ切って、幻を見ているのかと思った。

しばらく、そのままでいた。

幻ではない。

太衣良であった。

漁師の子らと一緒に、はしゃいでいる。

平助は、足早に寄った。

「あ……」

太衣良のほうも気づいた。

「そちもむごいめにあわれたなあ。大事ないか」

平助の手をとって、太衣良はまじまじと見た。手枷のあとがのこっている。

小首をかしげた太衣良の仕種は、なんとも愛らしい。茶色がかった眸子がそっくりである。しかし、抱きしめたいのを、平助は怺えた。びっくりさせたり、怖がらせたりしてはいけない。

「なんだ、おじさん、この子を探してたのか」

松下家のぼろ船のことを教えてくれた男の子が、そう話してくれればよかったのにとでも言いたげな顔をした。

「ああ、そうだよ」

「さっき、おじさんが来る前、このへんにひとりぼっちで腹をすかしてしゃがんでたから、おいらの家で飯を食わせてやったんだ」

「それは、かたじけない」

平助は、太衣良の懐から少し出ている紐に目をとめた。

「よろしいか」

紐を摘《つま》みかけて、平助は太衣良にことわる。

すると、太衣良みずから、小さな手で取り出して渡してくれた。

思ったとおり、鳩の頸に結わえつけられた布袋である。

奈岐の手下どもは、これを受け取ったはずなのに、なぜ太衣良を殺さなかったのであろう。

平助は、布袋の口を開いて、折り畳まれた紙を取り出した。

紙を披《ひら》いた。

たいら
ときはなつべき事
紅

（太衣良、解き放つべき事……）

紅は、奈岐の忍び名、紅火を略したものであろう。

最初から太衣良を殺すつもりなどなかったのである。

奈岐が求めていたのは、遮那への復讐ではなかった。何もかも失ったおのれの死に場所だったのだ。むしろ、遮那に対しては、屈折したものだったとはいえ、同じ女としての、母としての情を吐露していたのではなかったか。

(最後の最後までたばかられた)

この期《ご》に及んで、腑《ふ》に落ちた平助である。

「泣いていやるのか。まだ痛いのじゃな、かわいそうに」

太衣良が平助の手首をさすった。

「姫がさすってくれると、痛みも消えていき申す」

拳で頰の涙を拭い、平助は微笑んだ。

「申し遅れましたが、それがし、お母上の遮那さまより、太衣良さまを玉縄へ連れ帰るよう、仰せつかってまいった者にて、魔羅賀平助にござる」

「さようか」

うなずいて、太衣良が平助の頸へ両腕を回した。きっと、人懐《ひとなつ》こい上に、抱っこもされ慣れているのであろう。

平助は、わが娘を抱き上げた。

(やわやわとしている……)

心が蕩《とろ》けそうになる。

馳せつけた丹楓が、父娘《おやこ》に寄り添う。

平助は、下ろした右手を開いて、紙を捨てた。

（遮那姫に奈岐どのの本心を知られてはなるまい……）

それを知れば、奈岐を斬り捨ててしまった遮那は後悔する。

平助と太衣良と丹楓の影が長く伸びている。遥かなる水平線の向こうに、陽《ひ》が沈みゆくところである。

寄せてきた波が、引き際に紙をさらっていった。

木阿弥《もくあみ》の夢

一

ゆるやかな起伏のつづく緑の平原を、緋色毛《ひいろげ》の裸馬《はだかうま》が、気持ち良さそうに風を切って駆けている。

紀伊《きい》山地にあって、伊勢《いせ》との国境に位置する大和《やまと》の大台《おおだい》ケ原《はら》山は、太古《たいこ》より雨が多いことで知られる。平原の緑は、苔《こけ》である。

名を丹楓というその裸馬は、徐々に脚《あし》送りを緩《ゆる》め、やがて、大の字に寝そべっているあるじ魔羅賀平助の傍《かたわ》らに立った。

長い平頸《ひらくび》を垂《た》らして、丹楓は平助の顔をぺろりと舐《な》めた。

まどろんでいた平助は、瞼《まぶた》を上げると、大きく伸びをしてから、上体を起こした。

眼下はるかに、光のきらめく熊野《くまの》の大海原が広がっている。夏が近い。

「さて、丹楓。堺《さかい》へ帰ろうか」

すると、丹楓が平頸を嬉《うれ》しそうに大きく上下させた。

しばらくの間、山中に遊んで、鳥獣ばかりを対手《あいて》にしていたら、さすがに平助もちょっと人恋しくなった。

泉州堺《せんしゅうさかい》には、平助が日本における父と慕う日比屋了珪《ひびやりょうけい》が住む。跡継《あとつ》ぎの了荷《りょうか》とその妹の紫乃《しの》も、兄妹同然である。また、日比屋の屋敷内では、丹楓の同族も飼育されている。

平助は、吉野川《よしのがわ》沿いに、ゆるゆると山を下りた。

この夜は山中で野宿し、翌日の日暮れ頃には大淀《おおよど》まで達して、近在の寺に一宿《いっしゅく》した。

(橿原《かしはら》へ寄って行こうか……)

神話に彩《いろど》られた大和三山《さんざん》を眺《なが》めたいと思ったのである。

(いや……松弾《まつだん》に見つかると厄介《やっかい》だな)

松弾とは、松永弾正少弼久秀《まつながだんじょうのしょうひつひさひで》。

かつて平助は、将軍足利義輝に陣借りして、京都白川口《しらかわぐち》の合戦で三好長慶《みよしながよし》の軍勢と戦ったさい、その部将《ぶしょう》であった松永久秀の顔面にひと太刀《たち》浴びせた。以来、久秀より憎まれている。

いま大和国は、奈良多聞《たもん》城に拠《よ》るその久秀の勢力圏なのである。平助があまり奈良へ近づくと、松永の者、あるいはその与党に遭遇することは避けられぬであろう。遭遇して、むこうが刃《やいば》を向けてくれば闘《たたか》うだけのことだが、わざわざこちらから血を呼ぶようなまねをするのは愚かしい。

翌朝、大淀を発《た》った平助は、奈良盆地の西に南北に連なる葛城《かつらぎ》・金剛《こんごう》山地のほうへ向かい、水越《みずこし》峠を越えて、葛城山を右に見ながら、富田林《とんだばやし》街道へ入った。河内国《かわちのくに》である。

峠路《とうげじ》を下りはじめてほどなく、争闘の場に出くわした。

荷駄《にだ》を曳《ひ》く旅の一行を、山賊どもが襲撃していると一目で知れた。この乱世では、しばしば見られる光景である。

荷車が一台、ひっくり返されており、そばには禿頭《とくとう》の男が杖《つえ》を抱えて放心したように突っ立っている。

山賊どもは、手慣れているのであろう、それぞれの得物《えもの》で、荷駄の警固《けいご》の者らを突き伏せ、斬り仆《たお》し、撲《なぐ》りつけ、圧倒的に優勢であった。そのやりかたは無慈悲《むじひ》である。

無慈悲には無慈悲をもって対す。

平助は、担《かつ》いでいた武具・馬具を丹楓の足許《あしもと》に置くと、義輝より拝領の愛刀志津三郎の鞘《さや》を払い、抜き身を引っ提《さ》げて、争闘の場へ馳《は》せ向かった。

路傍《ろぼう》の大木の根元に据《す》えた床几《しょうぎ》に腰掛け、鎗《やり》を構える従者を左右において、高みの見物をきめこむ毛むくじゃらの悪相が見える。山賊の頭目であることは一目瞭然《いちもくりょうぜん》であった。

いかにも強そうな風貌と落ちつきぶりだが、陣借り平助の目はごまかせない。

（虚仮威《こけおど》しだな）

従者のひとりが、疾風《しっぷう》のように迫る巨軀《きょく》に恟《ぎょ》っとし、慌《あわ》てて鎗を繰り出した。

その鎗先を難なく躱《かわ》し、従者を肩のひと突きで吹っ飛ばした平助は、もうひとりの従者も掌底《しょうてい》の突きで昏倒《こんとう》せしめてから、頭目の胸を思い切り蹴《け》った。頭目が床几から転げ落ちる。

「者共《ものども》、見よ」

平助は大音《だいおん》に呼ばわった。

斬り合いのさなかの敵味方が一斉に、動きをとめ、声の主《ぬし》のほうへ視線を振る。

頭目が立ち上がろうと上体を起こした。

平助の志津三郎が一閃《いっせん》。

頭目の首は、胴体を離れて、血煙《ちけむり》を撒《ま》き散らしながら高く飛んだ。

首は、ひっくり返っている荷車の車輪の上に落ちて弾《はず》み、禿頭の男の足許に転がった。

禿頭の男は驚かない。反応が鈍い。

それで平助は気づいた。

（盲人《もうじん》であったか……）

盲人以外の者らは、敵味方とも仰天している。動く人間の首をひと太刀で完全に刎《は》ねとばすなど、神業《かみわざ》に近い。

「何も盗《と》らずに、いますぐ引き上げるなら、追わぬ。ひとりでも手向《てむ》かえば、皆殺しにいたす」

もとより山賊どもは、自分たちに投げかけられたことばと分かっている。かれらは互いの顔を見合わせ、躊躇《ためら》いをみせるが、引き上げようとはしない。

「そうか。よほどによい獲物《えもの》らしい」

荷駄を眺めやった平助は、銭箱《ぜにばこ》とおぼしいものが幾つもあることに気づく。

その視線と言いかたから、勘違いしたのであろう、山賊のひとりが窺《うかが》うように言った。

「われも加勢するのやったら、おかしらを殺《や》られたことは忘れようやないか。分け前もくれたる」

「分け前とは、いかほどか」

「皆で頭割《あたまわ》りや」

平助は、山賊の人数をざっと数えた。三十人余りいる。

「割る頭が多すぎるな」

「なんやと……」

「それがしに加勢を望むなら、百万石を用意することだ」

「おちょくっとんのか、われ。そないどえらい侍は、天下に魔羅賀平助しかいてへんわ」

京の近国の山賊だけあって、将軍足利義輝より百万石に値《あたい》すると激賞された平助の武名を聞いているらしい。

「その魔羅賀平助さ」

にっ、と平助は笑った。

敵味方の誰もが、息を呑《の》んだ。盲目の男もおもてを上げる。

「か……騙《かた》り者《もん》やろ」

平助と問答していたのとは別の者が言った。

「疑うのなら、斬りかかってまいれ。ただし、いま申したとおり、ひとりでも手向かえば、皆殺しにいたす」

さらに躊躇いの空気が流れたあと、騙り者と言った男が平助に向かって踏み出そうとしたところ、

「やめいや」

と左右から仲間に制せられた。

「対手が悪いわ」

その声があがったかと思うと、山賊どもは渋々《しぶしぶ》ながらというようすだが、ついに峠路を下って撤退していった。

旅の一行の生き残りは、すぐに負傷者の介抱をはじめる者もいたが、ほとんどの者は安堵《あんど》のあまり、その場にへたり込んでしまう。

盲人が杖をつきながら、平助のもとへ寄ってくる。よく見れば、人品卑《じんぴんいや》しからず、服装も地味ながら清潔そうである。

盲人は、杖を手放すと、見当をつけて伸ばした両手で平助の右手をつかみ、拝むようにして言った。

「魔羅賀平助さまにお助けいただけたとは、なんという冥加《みょうが》にございましょう。まことに、まことにありがとう存じます」

熱い感謝の心が体温として伝わってくる。

「なんともよき笑顔のおかたにあられる」

と盲人が言ったので、平助は対手の閉ざされた目をのぞきこんだ。

「われらのような者は、見えないからこそ見える。それは、めずらしくないことなのでございます」

これも平助にのぞかれたと察すればこその一言であった。

「申し遅れましたが、わたくしの名は木阿弥《もくあみ》と申します」

「このご一行のあるじか」

平助は訊《たず》ねた。あるじならば、盲人とはいえ身分の高い人であろう。

「さようにございます」

「商家の方々とも見受けられぬが……」

「わたくし一己の行旅《こうりよ》」

個人的な旅ということらしい。

「魔羅賀さま。助けていただいたばかりで、厚かましきことながら、願いの儀がございます」

「何でござろう」

「筒井藤四郎藤政《つついとうしろうふじまさ》さまの御陣《ごじん》を借りていただきたい」

筒井藤四郎といえば、かって大和一国を平定した筒井順昭《じゅんしょう》の遺児《いじ》である。いまは松永久秀に逐《お》われて逼塞《ひっそく》中、と平助は聞いている。

「木阿弥どのは筒井家のご縁者であったか」

「昔、筒井家のご恩を受けた者にございます」

なぜか少し恥ずかしそうに木阿弥はこたえた。

「では、ぶしつけなことを申すが、荷駄は筒井家に貸す矢銭《やせん》であろうか」

矢銭とは軍用金のことである。

「ご恩を受けた筒井家に貸し付けなどいたしませぬ。すべて献上いたします」

「大層な高《たか》と見受ける」

「わたくしの全財産、一千貫《いっせんがん》にございます」

米の石高《こくだか》に換算すれば、千五百石を超える。

「陣借りしていただけるのなら、この一千貫は魔羅賀さまに差し上げます」

「それでは筒井家へのご恩返しができなくなり申そう」

「百万石の武人をお味方にできるのなら、これにまさる恩返しはございませぬ」

一千貫もの全財産を投げ出しても惜《お》しくないとは、いったい木阿弥は筒井家よりどれほどの恩を受けたものか。

（乗りかかった船だな）

　ここから泉州堺まで、あと七、八里であろう。近いだけに、足を速めたい気持ちもある平助だが、恩返しのために全財産を注ぎ込むべく、命懸けの旅をしてきたに違いない盲人の願いを却《しりぞ》けるなど、到底できない。

「されば、陣借りいたそう」

　平助は承諾した。

「ああ、魔羅賀さま」

　感激のあまり、木阿弥が身悶《みもだ》える。

「ただし、筒井家にではない。それがしが陣借りいたすは、木阿弥どの」

「えっ……」

　戸惑う木阿弥であった。

「それゆえ、一千貫は筒井家にご献上なされよ」

「それでは、魔羅賀さまに何も報《むく》いることができませぬ」

「木阿弥どのはこれがお出来《でき》になるか」

　平助は、木阿弥の両肩に手をおき、ちょっと揉《も》んでみせた。

「按摩《あんま》にございますか」

「さよう」

「それは得手《えて》にございますが……」

盲人の多くが平曲《へいきょく》と按摩を生業《なりわい》とした。平曲とは、『平家物語』を琵琶《びわ》に合わせて語る音曲《おんぎょく》をいう。

「これで話は成り申した」

ときおり按摩をしてくれるだけでよろしゅうござる、と平助は微笑んだ。

「魔羅賀さま……」

木阿弥の声が湿《しめ》った。

「まさしく百万石に値するお人にあられる」

二

死体と負傷者を近くの寺に預け、医者の手配などしてくれるよう住職に充分の銭を渡してから、木阿弥の一行は水越峠を越えて大和へ入った。布施《ふせ》城をめざすのである。

布施城を居城とする布施氏は、大和国衆《くにしゅう》の多くが松永久秀に靡《なび》く中で、あくまで筒井氏に忠節を尽くしている。

　だから筒井藤四郎も、久秀に筒井城を奪われたあと、布施氏を頼った。大和・河内国境の葛城山の中腹の尾根に築かれた布施城は、要害堅固《ようがいけんご》でもあるので、いまのところ久秀の手も及んでいない。

　一行は、葛城山の東麓に鎮座する一言主《ひとことぬし》神社の前までやってきた。

「いちごんさん」の俗称をもつこの神社には、願いを一言だけ聞き容《い》れてくれる神が宿り、一言で吉事を招きもすれば、凶事を払ってくれもするという。

「いちごんさんに寄ってまいりましょう」

　と木阿弥が言ったので、平助は察する。

（恩ある筒井家の再興を願われるのだろう……）

　平助はいま、木阿弥に陣借りをして、その警固についているため、軍装を調《ととの》えて馬上の人である。

　供衆を待たせて、木阿弥と平助のみ、神域へ入った。平助は、兜《かぶと》を脱いで脇に抱え、木阿弥の手を引いた。

　折しも、参拝帰りであろうか、小人数の武家の行列がこちらへゆっくりと向かいつつある。真ん中に女乗物《おんなのりもの》が見えた。

女乗物に寄り添う武士が、行列の歩みを止めさせた。軍装の巨軀を警戒したからであろう。

その宰領《さいりよう》らしい武士は、皆に素早く指示し、女乗物の周囲を固めさせておいて、みずからは行列の先頭へ出た。

それを見て、平助は接近せずに、いったん立ち止まり、先に声をかける。

「ご安心なされよ。ご覧のとおりの盲人連れ。いちごんさんに詣《もう》でて引き上げるだけのこと」

「このあたりでは見かけぬ顔。名乗っていただこう」

若いが、思慮深そうな宰領である。

「魔羅賀平助と申す」

その名乗りに、宰領は眼《まなこ》を剝《む》き、行列の者らもびくっとする。

「天下の陣借り者、あの魔羅賀平助どのにあられるか」

「世間ではそのようによばれているらしゅうござる。して、お手前《てまえ》は」

「筒井藤四郎藤政が家臣、松倉右近《まつくらうこん》と申す」

「これは奇遇《きぐう》と申すもの。われらは布施城に筒井どのを訪《たず》ねる途次にござる」

「されば、魔羅賀どのは当家に陣借りをご所望《しよもう》なのか」

一瞬、右近はおもてを輝かせる。

「それがしはすでに、こちらの木阿弥どのに陣借りいたしており申す」

「盲人に陣借りを……」

右近がちょっと驚く。もっともなことではあろう。

「右近どの。そやつ、松永弾正の放った刺客《しかく》やもしれませぬぞ」

後ろから行列の者がそう言ったが、右近は一笑に付す。

「盲人連れの刺客など聞いたことがない」

すると、乗物の戸が内側から開けられた。

「芳秀尼《ほうしゆうに》さま。お顔を出されてはなりませぬ」

警固の者らが押し止めようとするが、よいのじゃ、とその女人《によにん》は乗物から出て、姿をさらした。

芳秀尼は、右近だけを従えて、平助らのほうへ静かに歩み寄ってくる。

法体《ほったい》だが、老婆《ろうば》ではない。四十歳前後であろう。そして、充分に美しい。

匂袋《においぶくろ》を身につけているものか、芳秀尼から独特の芳香が漂った。

(丁子《ちょうじ》だな)

見当をつけた平助は、同時に訝《いぶか》った。引いている木阿弥の手に力がこもったからである。

（もしや木阿弥どのは、この女人の匂いにおぼえがあるのか……）

ふいに、木阿弥が平助から手を離し、地べたに平伏したではないか。

「やはり、あの木阿弥なのじゃな」

芳秀尼は、中腰になって、木阿弥の手をとった。

「大方《おおかた》さまのお手が汚れます。どうかお手をお離し下されませ」

とられた手を引っ込めようとする木阿弥だが、芳秀尼のほうが離さない。

「何を申される。いまでは由原検校《ゆすはらけんぎょう》どのではないか。さあ、お立ちなされ」

「勿体《もったい》ない。勿体ないことにございます」

涙を流す木阿弥であった。

（このお人が由原検校なのか……）

平助はあらためて木阿弥を見やる。

平曲を職業とする目の不自由な人々によって組織された座を、当道《とうどう》と称した。このころは久我《こが》家を本所《ほんじょ》と仰《あお》ぎ、天皇や将軍にも愛《め》でられ、治外法権的な自治権を持っており、金融業なども盛んにして経済力と社会的地位を高めた。その当道における最高官が検校であった。

貧者《ひんじゃ》の救済に尽力することで知られる由原慶一《けいいち》検校は、洛中《らくちゅう》洛外の下々《しもじも》に盲《めしい》仏《ぼとけ》と慕われている。平助もその名を耳にしていたものの、木阿弥自身から明かされなかったし、また、検校に許された乗物に乗っているのでも、それと知れる服装でもなかったので、思いもよらなかった。

「うれしや、検校どの。何年ぶりかの」

芳秀尼が満面を笑み崩す。心から喜んでいるようである。

「大方さま、わたくしは……」

木阿弥は何か言いかけたが、芳秀尼が遮《さえぎ》った。

「もはや大方ではありませぬ。あのあと、髪を下ろし、芳秀と号しているのですよ」

「存じあげております。なれど、わたくしにとりましては、いつまでも大方さまにあらせられます」

立ち上がっても、下げた頭は上げない木阿弥である。

「高名な検校どのになられたというに、変わりませぬな」

「わたくしも、もはや由原検校ではございませぬ」

木阿弥が言いかけたのは、そのことであった。

「当道の官を辞されたのか」

「元の木阿弥になりましてございます」

三

筒井順昭は、有力国衆の多くを制圧して、大和一国を平定したばかりのころ、二十八歳の若さで没した。嗣子《しし》の藤勝丸《ふじかつまる》（藤四郎）はまだ乳飲み子《ちのご》であった。もしその死が伝われば、ふたたび国内が乱れることは必至《ひっし》だったから、順昭は喪《も》を秘《ひ》すようにと遺言する。

そこで、筒井一族で藤勝丸の後見人でもある福住紀伊守《ふくずみきいのかみ》が、生母の大方殿に諮《はか》って、影武者を立てることにした。

筒井城下で見つけた木阿弥という貧しい盲人の声が、順昭と酷似《こくじ》していたので、これを用いた。すなわち、順昭を長患《ながわずら》いであることにして、木阿弥を薄暗い寝所につかせ、面会者にはその声だけを聞かせたのである。

こうしたごまかしは露見《ろけん》を免れないが、それでも一、二年は保《も》った。その間に、筒井氏は支配力を強めることができた。ただ、それも、のちに三好・松永が大和へ勢力を伸ばしてきた途端、脆《もろ》くも崩れさったが。

順昭が長患いではなく、すでに死んでいることが周知の事実となったとき、紀伊守ら重臣は用済みの木阿弥を葬《ほうむ》ろうとした。声で順昭を演じただけとはいえ、筒井氏の内部事情を知りすぎた者を生かしておくわけにはいかないからである。

ならぬ、と制したのは大方殿であった。

「木阿弥が一時でも筒井の家を守ってくれたのは疑いようのない事実。それを殺すのは、筒井の家を滅ぼすのと同じこと」

大方殿は、木阿弥を殺さなかったどころか、破格の謝礼を授けて、堺から九州行きの船に乗れるよう手配した。

順昭の影武者であった者が大和国内やその近辺にいては、筒井氏に敵対する者から捕《と》らえられないとも限らない。だが、大方殿が木阿弥を九州に向かわせたのは、それだけが理由ではなかった。木阿弥から生い立ちを聞いていたのである。自分は赤子《あかご》のころ豊後《ぶんご》の由原八幡宮の境内《けいだい》に捨てられていたらしく、あちらにはわずかばかりでも知り人がいるという。

こうした大方殿のやさしさに、涙のとまらなかった木阿弥は、いつか必ず大方殿に恩返しするのだ、と心に期した。

以後、刻苦《こっく》した木阿弥は、やがて豊後で盲人たちの束《たば》ねとなり、いささかの貯《たくわ》えもできたところで上洛すると、久我家にもその才覚を認められて、当道の職階を駆け上がり、ついに検校という最高官を得たのである。

一方の大方殿も、京で盲仏と慕われる検校由原慶一の名を伝え聞いたとき、木阿弥に違いないと信じ、人を遣《や》ってそれとなく調べた。公家《くげ》の日野《ひの》家を実家とする大方殿は、久我家とのつながりも浅くない。結果、同一人と分かっても、再会を望むようなことはしなかった。木阿弥が生きつづけて立派になったことを、ひそかに悦《よろこ》んだだけである。

そのことを人伝《ひとづ》てに知った木阿弥は、昔と同じように涙がとまらなかった。そして、時機《とき》がきたと感じた。筒井氏再興のために全財産を矢銭として献上するのだ、と。

かくて木阿弥は、当道に後難の及ばぬよう検校の官を辞し、座も抜けてから、大和へ向かったのであった。

「矢銭一千貫と陣借り平助……」

庭に積まれた多数の銭箱と、背後の会所《かいしょ》の敷居際《しきいぎわ》に座す魔羅賀平助を、廊下に立ったまま交互に眺めやりながら、喉《のど》をごくりと鳴らしたのは、十八歳の筒井藤四郎である。

京から銭箱を運んできた供衆は、すでに木阿弥が手当《てあて》を払って帰している。

「これほどの好運《こううん》を得られるとは……神仏に感謝せねばならぬ」

ふるえ声で藤四郎は言い、数珠《じゅず》を手に、北東に向かって合掌《がっしょう》した。遠く、興福寺《こうふくじ》の建つ方角である。

その昔、都が京へ遷《うつ》ったあと、大和は国土のほとんどが興福寺の荘園《しょうえん》となって寺社王国と化し、警固の武力として有力名主層の半僧半俗の徒が起用された。かれらは、官符衆徒《かんぷしゅと》と称《よ》ばれ、室町時代の初頭からは足利将軍家の被官となる。春日社《かすがしゃ》の神奴《しんぬ》の出身という筒井氏は、官符衆徒の棟梁《とうりょう》に任じられ、興福寺の実権を握って大名化し、順昭の代に至って、みずから大和守護《しゅご》を称するようになったのである。

そういう歴史をもつせいか、大和の国侍《くにざむらい》の多くは大和を神国と信じており、わけても筒井氏にその思いが強い。藤四郎も、何かにつけて神仏を持ち出す、抹香臭《まっこう》さをまとった若者であった。

「神仏に感謝いたすのもよいが、まずは木阿弥どのに感謝しなされ」

会所内の芳秀尼から、そうたしなめられた藤四郎は、抹香臭くはあっても、素直であるらしい。

「これは礼を失《しっ》しました」

中へ戻って、上座《かみざ》に直ると、木阿弥に向かって居住まいを正し、

「心より礼を申し上げる。木阿弥どのの厚きお志《こころざし》、決して無駄にはいたさぬ」

何の見返りも求めず、一千貫もの私財を提供してくれた盲人に対して、生き仏でも前にしたようにこうべを垂れた。

「されば、お屋形《やかた》」

と藤四郎の後見人の福住紀伊守が膝《ひざ》をすすめる。

先代の順昭より大和守護を称している筒井氏では、家臣は藤四郎を屋形とよぶ。

「あの矢銭を使《つこ》うて、早々にいくさ支度を調え、三好三人衆とも申し合わせて、再度、奈良へ攻め上りましょうぞ」

筒井氏は、松永久秀と決裂した三好長逸《ながゆき》・三好政康《まさやす》・石成友通《いわなりともみち》という、いわゆる三好三人衆と手を結び、今年の正月、ともに奈良で松永勢に挑んだが、一蹴されてしまった。

「紀伊どの。あまり三好を恃《たの》みとしすぎるのは、いかがかと存ずる」

列座の重臣たちの中から、松倉右近が言った。

これには、うなずく者が少なくない。怒ったような表情をみせる者もいた。

「三好を恃みとせねば、松永を打ち負かすことはできぬ」

「それはよう分かっており申す。なれど、先般の三好のわれらを見下した言動は目に余るものがござる」

「辛抱いたせ」

敷居際の平助には、このやりとりの意味をおおよそ察することができる。

平助の知りうる限り、筒井は松永にいくさで、連戦連敗、一度も勝ったことがないはず。おそらく、正月の敗戦も、負け癖《ぐせ》のついている筒井のせいだと三好勢から非難されたり、嘲笑されたりしたに相違ない。

「魔羅賀平助」

藤四郎が声をかけた。

「そのほうは、いまは亡《ち》き将軍義輝公に陣借りし、松永弾正にひと太刀浴びせたことがあると聞いておる。近《ちこ》う寄って、思うところをきかせてほしい」

平助はちらりと木阿弥を見た。筒井家に陣借りしたのではない。

その気配を感じた木阿弥より、進み出るように促《うなが》されて、はじめて動き、藤四郎の前に着座した。

「ひとつ訊ね申すが、藤四郎どのは筒井城も大和国も弾正から一挙に奪い返したい、と」

「むろん、そう望んでいる」

「さようか……」

いくさも賭《か》け事に似ていて、負けがこんでくると、一発逆転を狙《ねら》いたくなるのは、人情というものである。

「身の程知らずの若僧にござるなあ」

「なに……」

さすがに藤四郎は気色《けしき》ばみ、近習《きんじゅ》たちも色めき立ったが、

「おしずまりなされ」

という芳秀尼の一声に制せられる。

「つづけよ」

藤四郎は平助が語を継ぐことを許した。

(この若者はまったくの苦労知らずではないようだ)

と平助は思った。こちらの無遠慮な物言いに対する怒りをすぐに鎮《しず》めたあたりは、少しは心が錬《ね》れている。それとも、幼少時に父親を失ったために母親との絆《きずな》が強く、芳秀尼の言を受け容れることを当然としているのか。

「阿波《あわ》より上洛した三好長慶が畿内《きない》に覇《は》を唱《とな》えるにあたり、抜きん出て力を発揮し、

のち将軍家弑逆《しいぎゃく》を平然と行い、ついには主家を乗っ取った稀代《きたい》の梟雄《きょうゆう》が松永弾正。失礼ながら、お若くてまだ力不足の藤四郎どのが、たやすく負かせる対手ではござらぬ」

「結句《けっく》、われらは松永には勝てぬということか」

疑いようのない現実を突きつけられたと感じたのか、藤四郎の声は沈んだ。

「藤四郎どの。大きく勝とうとすれば、よほどの僥倖《ぎょうこう》に恵まれぬ限り、必ず敗れましょう。ならば、まずは、小さくとも、それとはっきり分かる勝利をものにすることにござる」

「小さな勝利を積み重ねよとでも申すのか。それでは時がかかりすぎる」

「十八歳の藤四郎どのには時はたっぷりとあり申す。弾正は六十歳近い老人にござる。いまのご当家には、小さな勝ちであっても、一勝することが大事。それだけで、ご家中の士気も、大和国人衆の藤四郎どのへの見方も必ず変わりましょう。そこから始めることが、実は大敵を打ち負かす近道であると、やがてお分かりになられる」

「そういうものか……」

深々と溜《た》め息《いき》をつく藤四郎を、平助は少し可哀相に思った。

「御免《ごめん》」

平助は、ことわってから、右側に横たえてある愛刀を手にすると、中腰のまま足を送って、藤四郎が座す置畳《おきだたみ》の前まで進み、それを差し出した。

「ご覧になられよ」

わけが分からず受け取った藤四郎だが、それでも鯉口《こいぐち》を切って、その大太刀《おおだち》を抜いてみる。

現れた刀身に、列座の一同、瞬時に目を奪われた。

身幅《みはば》の広い大鋒《おおきっさき》で、金筋《きんすじ》のかかった湾《のた》れ刃《ば》が特徴的な刃渡《はわた》り四尺の剛刀《ごうとう》。圧倒的な風格であった。

「美濃国《みののくに》志津《しづ》の名工兼氏《かねうじ》の鍛えし業物《わざもの》にござる」

「志津三郎」

と言いあてたのは、松倉右近である。

志津派の創始者、初代兼氏が志津三郎の名で知られる。

「永く足利義輝公ご秘蔵のひとふりにござったが、それがしが義輝公の御陣を借りたさい、褒美《ほうび》にとお手ずから賜りしもの」

そう平助が明かすと、藤四郎はびくっとする。

「それがしは、この太刀を手にすると、不思議と力が湧いてくるのでござる」

武門の棟梁たる歴代足利将軍の中で、義輝が鬼神の如き剣士でもあったということは、藤四郎も伝え聞いている。

「うん。何やら元気が出てまいったぞ」

生気を取り戻し、無邪気な笑顔をみせる藤四郎が、平助には微笑ましかった。

（この若者は、大事は成し遂げられないかもしれないが、まわりの人々に支えられるだろうな……）

四

木阿弥が客殿《きやくでん》に部屋を与えられ、平助はその控えの間《ま》を使わせてもらおうと思ったのだが、芳秀尼にかぶりを振られる。

「男に盲人の世話はできますまい。木阿弥どのには心利《き》いた女たちを遣《つか》わすゆえ、魔羅賀どのは別間《べつま》でお過ごしなされ。それに、城内では魔羅賀どのが木阿弥どのを警固する必要もありませぬ」

木阿弥自身もそのほうがよろしいのではと言うので、平助は承知した。

あてがわれた部屋で寝床についた平助だが、やがて布施城が寝静まった夜更《よふ》け、掛け具を撥《は》ね上げざまに起き上がった。

賊の躰《からだ》を掛け具にくるんで足払いにかけ、敷き具の上に転がして押さえつける。

掛け具を剝き下ろして、賊の腰から上を露出させ、右手にもつ短刀をとりあげた。

賊を立たせて、腕を後ろへひねり上げてから、戸を開ける。

頭巾《ずきん》を脱がせると、髪がはらりと垂れた。

射《さ》し込んだ月の光で、賊の顔を見定めることができた。

「なんだ、鵺《ぬえ》どのか」

拍子抜けした平助は、軽く前へ突きのけて解放してやる。

「なんだとは、なんじゃ」

阿波三好氏の影の軍団・狗神党《いぬかみとう》の 蠱 鵺《かんなぎ》は、睨《にら》み返す。平助を兄の仇《かたき》と狙う女である。

「なれど、すごいものだ、鵺どのは。それがしは、きょう、成り行きでこの城に入ったのに、もう探り当てたとは」

「探り当てたのではないわ。三好の使いで、連絡《つなぎ》をつけにまいったところ、汝《うぬ》がいると聞いたのじゃ」

筒井と三好三人衆はいま、共通の敵の松永久秀を倒すために結んでいる。

「ははあ、なるほど……」

　平助は苦笑するほかない。鴟にとって主家にあたる三好と結ぶ筒井に、陣借り平助がついたと知った上で、それでも殺そうとしたのだとすれば、ほとんど暴挙であろう。

「さようか」

「思い違いいたすな。いまは、汝を殺す気などなかったわ」

　平助は、とりあげた短刀を振ってみせてから、鴟に返した。

「ふん。鼻か耳でも削《そ》ぎ落としてやろうと思うただけじゃ」

　口惜《くちお》しげにそう言った鴟の表情が、どこか子どもじみていたので、平助はちょっと笑ってしまう。

　一瞬、むっとした鴟だが、稍《やや》あって、あきれたような溜め息をつく。

「汝は、ほんとうに阿呆《あほう》じゃな。いつも笑《わろ》うておる」

「笑うた顔はお嫌いか」

「笑おうが笑うまいが、汝の顔など嫌いにきまっておろう」

「それがしは、鴟どののお顔が好きなのだがなあ……」

「な……何を申しておる」

眦《まなじり》を吊り上げた鵜だが、日中の光の下であれば、真っ赤に染まった頰《ほお》を平助も見ることができたであろう。

「そのように笑うてばかりいられるのも、いまのうちじゃ。これで弾正の憎悪は弥増《いやま》すであろうゆえな」

「いくさ場《ば》でそれがしを討てる、と弾正はむしろ悦ぶのではないのかなあ」

「汝のことではない。由原検校じゃ」

「由原検校ではのうて、木阿弥どのにござる」

「どっちでもよいわ」

「筒井に矢銭を献上したぐらいで、木阿弥どのが弾正に憎まれる、と鵜どのは言われるのか」

「弾正と由原検校の因縁を、汝は知らぬようじゃな」

「因縁とは」

「去年、弾正は、三好三人衆と袂《たもと》を分かった直後、京や堺の豪商、寺社、有徳《うとく》に片端《かたはし》から矢銭を要求した」

富裕者、金持ちのことを有徳という。

「要求された誰もが返辞を濁《にご》して、形勢観望をきめこもうとする中、ひとり当道だけが、身心の痛みを知るわれらは決して殺し合いの手助けをしない、と真っ先にはねつけた。そのとき、当道側で弾正との交渉にあたったのが、由原検校じゃ。このことが伝わって、結句、弾正に矢銭を出した者は数えるほどしかおらなんだ」

「さようなことがあったのか……」

鵜の語った経緯からして、私財とはいえ筒井氏へ矢銭を献上するについては、木阿弥は並々でない覚悟を必要としたに違いない、と平助は思いやった。

検校の官を辞し、当道を抜けるというけじめをつけてはいるものの、結局、木阿弥は、殺し合いに使われる銭を出すことを拒んだのではなく、その供出先を選んだといううだけのことではないか。木阿弥個人の事情を知らぬ人々には、そう受け取られても仕方があるまい。むろん弾正にも。

それでも木阿弥が行動を起こしたのは、芳秀尼へ恩返しすることのみを一途に思いつづけてきたからにほかならぬ。

(木阿弥どのにとって、芳秀尼はこの世でただひとりのかけがえのない女人なのだ)

純愛というものであろう。

「鵜どの。ひとつ訊ねるが、弾正の忍び衆は侮《あなど》れぬ者らであろうか」

「いまのわっちの話を聞いて、木阿弥の暗殺を恐れたようじゃな」

「そのとおりにござる」

「侮れぬどころか、恐ろしい者らじゃ」

「狗神党の鵺どのが恐れるとは、一体どのような忍び衆であろう」

「狗神党じゃ」

と鵺は吐き捨てた。

「では、鵺どのは三好にも松永にもついておられるのか」

「わっちはそれほど無節操ではないわ。正しく言えば、狗神党を脱した者ら」

三好三人衆と松永久秀が決裂したとき、狗神党の土瓶《とうびょう》という者とその配下が久秀についた、と鵺は明かした。

「土瓶は、わっちの叔父。狗神党の党首になれなんだことで、永く不満を抱いていたのじゃ。土瓶は、おのれたちを蛇神党《へびがみとう》などと称している」

蛇の憑物《つきもの》をトウビョウというので、そこから付けた党名であろう。

「もし弾正が土瓶にあの盲人の暗殺を命じたのなら、木阿弥は決して生き長らえることはできぬ。汝がよくよく警固するほかあるまいな」

「鵺どの。ひとつ頼みがある。木阿弥どのの警固だが、狗神党の方々にお願いしたい」

「なんじゃと」

「それがし、城中にいる間はよいが、出陣中は木阿弥どのを守れぬ。そのとき、蛇神党の者らをよく知る狗神党の方々がおられれば、木阿弥どのが討たれることはない」

「やっぱり阿呆じゃな、汝は。わっちが汝のそんな頼みをきくとでも思うのか」

「ははあ……」

平助はちょっと嗤笑《ししょう》をみせた。

「なんじゃ、その笑いは」

「鵺どのは狗神党より蛇神党のほうが秀《ひい》でていると恐れておられるのだな。だから、みすみす配下を危うきにさらす木阿弥どのの警固などさせたくない」

「三好が一時、十ケ国にも及ぼうかという大版図《だいはんと》を領するに至ったのは、われら狗神党の大いなる陰の力があったればこそぞ」

「そのころは土瓶とその配下も狗神党だったのでござろう」

「汝は……」

鵺が、ふたたび短刀を構えた。

すると平助のほうは、自身の鼻を左手で、右耳を右手で隠して、わざと怖がってみせる。

幾度か唸《うな》って怒りを怺《こら》えた鵺は、憤然と部屋を出て、庭へ飛び下り、そのまま闇の中へ没した。

平助は、上体を左へひょいと傾けざま、右手で何か摑《つか》んだ。闇の中から飛来した棒《ぼう》手裏剣《しゅりけん》である。

（最後っ屁《ぺ》とは行儀が悪いなあ……）

平助は、戸を閉《た》てようとして、しかし思い直すと、手早く着替えて、愛刀志津三郎を手にとり、廊下へ出た。

木阿弥のことが気になったのである。

木阿弥が布施城にいる事実を松永久秀がまだ知り得たとは思えないが、万一ということもあろう。いま、ようすを見ておきたい。

廊下を幾曲がりかして、木阿弥にあてがわれた二間《ふたま》つづきの部屋の前へ達した。

先に、控えの間へ声をかけた。

「御免」

返辞がない。

（妙だな……）

木阿弥の世話をする女たちがいるはずであろうに、人の気配がしないのである。

戸を開けてみた。案の定、誰もいない。

踏み入って、木阿弥の部屋との仕切り戸を開ける。こちらは、床《とこ》は敷きのべられているものの、やはり木阿弥その人は不在である。

(厠《かわや》……いや、そうではあるまい)

厠へ立つために床を抜け出たのなら、掛け具ぐらいは乱れていよう。ところが、夜具はすべてきれいに整っている。

(木阿弥どのはいまだここで寝ておられぬ)

二間とも、何か争ったような痕跡はまったく見られないから、さらわれたとは考えにくい。

(別間に移られたのか……)

平助は、一瞬、息をとめた。気配を感じたのである。

素早く、しかし忍び足に部屋を出て、暗がりに身を潜《ひそ》めた。

灯火が見える。

手燭《てしょく》を携《たずさ》えた女が二人、木阿弥の手を引いて、廊下をこちらへやってくるところであった。

ほどなく、木阿弥はあてがわれた部屋に落ち着き、女たちも控えの間へ退《さ》がった。

流れてきた芳香が、平助の鼻をくすぐっている。

（丁子の香り……）

木阿弥の世話をする女たちのものではあるまい。

いま、この城で最も身分の高い女人は、筒井家当主の藤四郎の母である。その芳秀尼と同じ匂いを身にまとうことを、他の女たちは憚《はばか》るはず。

とすれば、木阿弥は芳秀尼とともにいたことになる。この深更《しんこう》まで。

（男と女……）

もしそうであるなら、木阿弥にとっては純愛の成就といえるのではないか。

だが、平助は、このことを、木阿弥自身にたしかめるつもりも、余人に明かすつもりもない。藤四郎の母にして、順昭の未亡人で、出家の身でもある芳秀尼の醜聞《しゅうぶん》など、筒井の与党は誰も歓迎しないであろう。

平助は、自室へ戻った。

「お目覚めにござろうや」

翌朝、眠りから覚めるやいなや、戸外より声をかけられた。男の声である。

「しばし、お待ち下され」

返辞をしておいて、平助は夜具を畳んで片づけた。

「どうぞ」

「御免」

戸が開けられ、朝の明るい陽射《ひざ》しが入ってくる。

廊下に折り敷く小具足《こぐそく》姿の武者が、会釈を寄越した。童顔だが、大きな眼の光と引き締まった口許に意志の強さを感じさせる青年である。

「筒井藤四郎藤政が臣、島左近《しまさこん》と申す」

後年、石田三成《いしだみつなり》に異例の大禄《たいろく》で招かれ、関《せき》ケ原《はら》合戦で壮絶な討死《うちじに》を遂げることになる島左近だが、このころはまだ無名であった。

「それがし、合戦にさいしては魔羅賀どのをわが陣に迎えるようにと、お屋形さまより命ぜられてござる。その旨《むね》を、ただいま木阿弥どのに伝えたところ、魔羅賀どののお心次第とのおことばを頂戴いたした。されば、魔羅賀どのには、これよりそれがしの兵どもをご覧になり、陣借りに異存ありやなしや、お返辞をいただきたいと存じ、かく参上仕《つかまつ》った次第」

なんとも丁重で意を尽くした左近の挨拶であった。

わけても、先に木阿弥の諒解《りょうかい》を得たことは筋を通している。実際には筒井に陣借りするとはいえ、平助はあくまで木阿弥に傭《やと》われた者なのである。

そのうえ、わざわざ自身の兵をみてもらいたいというのは、平助に対する敬意の表れというべきであろう。そこには自信もなくてはならぬが。

こういう人物が鍛えた兵は、見るまでもない。ともに戦って不安をおぼえない者らであろう。

「兵は、いま見えましてござる。島左近というお人の中に」

「……」

左近がちょっとはにかんだ。平助の言わんとするところを察したからである。

「島どのの御陣を借りたく存ずる」

五

「えい、えい、おう」

聖武《しょうむ》天皇、光明《こうみょう》皇后両陵の近くに参集し、その東北方の眉間寺《みけんじ》山に向かって鬨《とき》をつくるのは、三好三人衆四千の軍勢である。

山には、地形を利用し、塁上に築かれた細長い長屋形式の櫓《やぐら》も斬新《ざんしん》な、華やかで、かつ堅固な城が築かれている。松永久秀の居城・多聞城である。

三好三人衆はいま、勢いづいていた。

松永勢には、正月に奈良で敗れはしたものの、その後、和泉国《いずみのくに》で、松永与党の河内の畠山《はたけやま》・遊佐《ゆさ》に大勝し、根来《ねごろ》寺衆徒を紀伊へ逐《お》って、久秀自身にも退却を余儀《よぎ》なくさせたからである。その余勢を駆って、ふたたび奈良へ乱入した。

南から軍馬の轟《とどろ》きが伝わってくる。

舞い上がる砂埃《すなぼこり》の中に、梅鉢の馬印《うまじるし》と春日大明神の旗が見えた。

三好武士たちは、ふんと口許を歪《ゆが》める。

「筒井の小坊主《こぼうず》か」

「足手まといがまた来おった」

「まあ、そう言うな。筒井は官符衆徒のかしらで、大和の国人衆に一目置かれておるゆえ、日向守《ひゅうがのかみ》さまも利用せねばならぬのよ」

三好三人衆の筆頭の三好長逸が日向守を称する。

筒井勢二千が到着すると、長逸がみずから老体をおして藤四郎を出迎えた。

「ようわせられた。こたびこそ、ともに松永弾正を討伐いたしましょうぞ」

「百戦錬磨の日向守どののご指導を受けられるは、まことに心強いことにございます」

それからの数日間、奈良の各所で小競《こぜ》り合いていどの戦いは起こったが、主力同士の合戦には至らなかった。

三好・筒井連合軍としては、堅固な多聞城を落とすのは容易ではないので、どうかして久秀を誘《おび》き出して叩きたい。だが、いかに挑発してみても、多聞城は鳴りをひそめ、久秀が討って出てくる気配はなかった。

三好三人衆は焦《あせ》りをおぼえた。大和以外の畿内の松永党の動きが気になり始めたのである。久秀にいま打撃を与えることができないのなら、いったん河内飯盛山《いいもりやま》城に引き上げ、あらためて策を立てたほうがよいのではないか、と。飯盛山城は三好宗家《そうけ》の家督義重《よししげ》（義継《よしつぐ》）の居城である。

「美濃庄《みののしょう》城が危うくなれば、弾正《の》も出てこざるをえないのではあるまいか」

軍議の席で、藤四郎は考えを陳べた。

美濃庄城は、多聞城の南方、二里足らずのところにあり、久秀にとって奈良の制圧には欠かせぬ支城である。

「失礼だが、筒井どの。正月に筒井勢が攻めて、かえって一蹴された城は、その美濃庄城ではござらなんだか」

三人衆のひとりで、三好勢きっての驍将《ぎょうしょう》といわれる石成友通が、なかば憐《あわれ》むように言った。

　それは事実である。蹴散らされた筒井勢は、名ある武士も討たれて敗走した。その後、美濃庄城には久秀の兵が増強されている。

「こたびは、必ず早々に落としてご覧に入れる」

　胸を反《そ》らして宣言した藤四郎だが、三好勢の諸将は一様に冷やかである。

　ひとり、長老の長逸だけは笑顔をみせた。

「藤四郎どのの意気や、高し。さすが名門のご当主にあられる。皆々、見倣《みなら》わねばならぬぞ」

「まだ何もしておりませぬに、そのように褒《ほ》められては……」

　若い藤四郎は頬を赧《あか》める。

「されば、藤四郎どのは筒井一手《いって》で美濃庄城を攻められる」

「え……」

「さよう言われるのでござるな」

　笑顔ではあるが、なかば恫喝《どうかつ》めいた長逸の念押しであった。

　城攻めというのは、兵を損する。短期決戦に持ち込もうとすればなおさらである。

　だが、筒井氏一手に城攻めさせるのなら、失敗したところで、三好三人衆にとっては痛くも痒《かゆ》くもない。もし成功すれば、久秀を多聞城から引きずり出せるやもしれぬし、それでなくとも、久秀を苦境に追い込めよう。

それが長逸の思惑であった。

「申すまでもなく、われら一手にて」

と藤四郎は言質《げんち》を与えてしまう。城攻めには当然、三好勢の力を借りてと思っていたのだが、長逸にあんなふうに念押しされては、それはもう口にできなかったのである。

長逸と藤四郎、老練と未熟の決定的な差であった。

筒井の本陣へ戻った藤四郎は、軍議の詳細を島左近に告げた。美濃庄城攻めは左近の進言によるものだったからである。

「すまぬ、左近。われら筒井が、一手でやることになった」

支城をひとつひとつ潰《つぶ》して、多聞城を孤立させるというのが左近の策で、その手始めが美濃庄城であった。正月に敗戦を喫しているだけに、この城を落とせば士気もあがる。

「お屋形。かえって、よろしいではござりませぬか。われらだけで落とし、三好の鼻をあかしてやりましょうぞ」

三好勢の支援を受けられないことを、左近は意に介さなかった。

「われらには陣借り平助がついており申す」

やがて、この日の夕闇迫る頃、その平助が、丹楓の背で激しく揺られていた。躰を二つ折りに縄で鞍《くら》に括《くく》りつけられて。

鵺に率いられた狗神党が十騎。丹楓を囲んで、一騎がその手綱《たづな》を引きながら、それぞれの乗馬《じょうめ》に鞭《むち》を入れている。

かれらの背後に、濛々《もうもう》たる砂塵《さじん》を舞い上げ、筒井勢が迫り来る。その数、一千。

美濃庄城の兵たちは、逃げる一団が、まっしぐらに城をめざしているのを見て、驚き、いささかうろたえながらも、塀《へい》にとりつき、櫓に上がって、一斉に狭間《はざま》から弓矢・鉄炮《てっぽう》を構えた。

「ご開門、ご開門」

先頭の鵺が城に向かって叫ぶ。

「われらは蛇神党の者である。松永弾正さまの仇敵《きゅうてき》、魔羅賀平助が筒井に陣借りいたしおりしところ、これを捕らえた。ご開門、早《はや》ご開門」

鵺も配下の十騎も、兜の前立《まえだて》を陽《ひ》にきらめかせている。蛇神党の軍装の象徴たる金箔の八岐大蛇《やまたのおろち》である。

追う筒井勢より、つづけざまに鉄炮音が上がった。

逃げる鵺らのすぐ後方に、音を立てて着弾する。

「阿呆が。魔羅賀どのに中《あた》るではないか」

「撃つな、撃つな、撃つな」

筒井勢の中から、怒声も噴き上がる。

鵺の一団は、追手門《おうてもん》に迫った。

門扉《もんぴ》は閉じられており、上方の走り櫓からは幾つもの銃口と鏃《やじり》がのぞいている。

(ここが切所《せっしょ》)

鵺は一層、気を引き締めた。

たやすく開門してくれるはずはない。それでも、この状況を、対手が疑念を口にする暇《いとま》すら与えずに信じさせて、入城を果たさねばならないのである。

ところが、問答する前に、門扉が内側から開かれたではないか。

(なんじゃ……)

思いがけない好運に、むしろ鵺は戸惑い、警戒した。

が、いまさら引き返せない。

鵺と配下十騎は、平助を曳いて、美濃庄城内へ走り込んだ。

ただちに、後ろで、ふたたび門扉が閉じられる。

将領《しょうりょう》とみえる甲冑《かっちゅう》武者が、武者溜《むしゃだまり》で馬を輪乗りしている鵺に寄ってきた。

「土瓶どのにお伝えしてまいる。お名を聞かされたい」

鵺は、一瞬、蒼《あお》ざめたが、顔も動いているので、気取《けど》られずに済んだ。

「妍蛇《けんじゃ》」

堂々とこたえた。

人を騙《だま》すときは、そうするべきであることを、鵺は知っている。蛇神党に妍蛇という女がいたのは事実でもあった。去年、鵺が討ち取っているが。

「けんじゃ、どのにござるな。畏《かしこ》まった」

甲冑武者は、それを従者に伝えて、走り去らせると、自身は持ち場へ戻った。筒井勢の包囲が始まったので、そのようすを見るためである。

蛇神党を装《よそお》い、魔羅賀平助を捕らえて入城した鵺の狗神党が、暗くなったら、頃合《ころあ》いをみて城内に火を放ち、それに呼応して、包囲の筒井勢が総掛かりで城を攻める。これが、平助が立てて、鵺に持ちかけた策である。松永方の城を落とすことは、鵺も異存がないので、承知した。

鵺の知るところでは、土瓶は常に久秀の側《そば》近くにいて、配下に指令を発する。また、狗神党に比して人数の少ない蛇神党の者らも、いまは敵の情勢を探るため、その大半が京や河内・紀伊、あるいは三好の本拠の阿波などに分散して遣わされている。よって、美濃庄城に蛇神党の者がいることは考えにくく、鵺らがこれを装っても、すぐに露見する恐れはないはずであった。もともと陰で動く存在だから、土瓶の配下ひとりひとりの顔が、松永方にもほとんど知られていないことも、自分たちに有利に働く、と鵺は考えていた。

また、鵺らの入城後に、美濃庄城から多聞城へ使者が放たれたとしても、かんたんには連絡がつかない。というのも、両城の中間を東西に横断する一帯、すなわち古市《ふるいち》から西ノ京《にしのきょう》あたりまで、筒井勢の残り一千が放火し、交通を遮断する手筈《てはず》だからである。そうやって時間《とき》を稼ぎ、その間に筒井勢は美濃庄城を落としてしまう。

それでも、やがて露見は免れぬであろう。むしろ、そのほうがよい。結果、美濃庄城救援のために久秀が多聞城より出陣すれば、三好勢がこれに襲いかかる。

ただ、絶対にあってはならぬのが、露見するのが早すぎることである。

いま美濃庄城内にいるらしい土瓶に、妍蛇を名乗った鵺らの入城が報告されれば、そのあってはならぬことが起こってしまう。

（土瓶はなぜこの城に……）

舌打ちしたい思いの鵜であった。

ひょっとすると、多聞城と幾つかの支城とで示し合わせて一斉に討って出て、三好・筒井勢を諸方から押し包もうという策でも立てたのであろうか。多聞城がこれまで不気味に沈黙をつづけているだけに、ありえないことではない。とすれば、それを、土瓶も含めて蛇神党の者らが各支城に伝え回っているさなかと考えられる。

鵜が蛇神党を名乗っただけで、美濃庄城の門がただちに開かれたのも、土瓶と配下がそのために奈良中を動いている、と少なくとも城内の将領級は知っていたからではあるまいか。

理由はどうあれ、土瓶が城内にいると知れたからには、事を急がねばならぬ。

下馬した鵜は、平助へ足早に寄りながら、配下の十人に目配せして、自身のもとへ集めた。

「いま聞いたとおりじゃ。土瓶が城内にいる。あやつが駆けつける前に早、火をかける」

そこへやってきた足軽らに、

「ご乗馬を厩《うまや》へ」

と促されたが、鵜はことわった。

「われらはまだこれより往かねばならぬところがあるゆえ、わざわざ厩につながずともよい」

「なれど、いまやお城は、皆さまを追うてきた筒井勢に囲まれ始めております。また馬で出てゆかれるのは至難と存じまするが……」

「すぐに暗《くろ》うなる。われらは、夜中《やちゅう》でも馬を扱えるし、敵中を突破するのも慣れておる」

　自信ありげに鵺が言うと、

「では、あのあたりに」

　足軽らは、馬の待機場所を指示してから、引き下がった。

「それがしが、早々に門を開き申そう」

　後ろ手に縛《ばく》されたまま下馬した平助が、鵺に言った。

「火の手が上がってからでのうては、開いたところで、筒井勢がすぐには気づくまい」

　と鵺は案じる。

「いくさには測《はか》りがたきことがいつでも起こる。それを島左近どのがようご存じゆえ、即座に応じてくれ申そう」

左近の隊が先陣をきって城に突入する手筈であった。

うなずき返した鵺は、配下に命じた。

「散れ」

馬の番をする二人を残して、あとの八人はその場を離れ、音も立てずに城内の各所へと散っていった。

誰《た》そ彼時《かれどき》は、忍びの者にはまことに有利である。人のさまを見分けがたいから、いささか不審の動きをしても、周囲の者が見落としてくれる。逆に、忍びの者は、夜目《よめ》が利くので、あえかな光でも、素早く動くのに不自由しない。

平助は、両腕に少し力を入れて、縄を外した。もともと緩く結んである。

いまは城兵の誰もが城外の筒井勢の動きを緊張しながら見ているため、武者溜の平助と鵺に注意を向ける者はいない。

平助は、鵺から武器を受け取った。志津三郎を腰に佩《は》き、傘鎗《かさやり》を右肩に担ぐ。

「さて……」

傘鎗の笠《かさ》を開いた。

「左近どのに合図を送ろう」

平助は、傘を充分に回転させてから、門の上方へ向けて突き上げた。

傘鎗から離れた笠の部分が、唸りをあげて旋回しながら、門を越え、筒井勢のほうへ舞い降りてゆく。

（魔羅賀どのは早、いくさを始められるのだな……）

不測の事態が起こって、そうせざるをえなくなったに相違ない、と左近は察した。

「やはり、鵺であったか」

城内では、本丸より武者溜まで出てきた土瓶が、姪《めい》を見つけて、怒りを押し殺したように言った。左右の目の間隔が広く、口も広く裂《さ》けていて、名のとおり、蛇に似た気味の悪い顔で、こずるそうでもある。

いずれも八岐大蛇の前立の兜をつけた配下を四人、連れている。

土瓶自身の前立は、大きく口を開けて舌を伸ばす大蛇が一匹。頭領であることを示すものだ。

土瓶と蛇神党の後ろには、ひときわ立派な甲冑姿の武士が、十人余りの警固士に守られて立っている。久秀の重臣のひとりで、いまはこの美濃庄城の守将をつとめる河《かわ》那辺《なべ》伊豆守《いずのかみ》である。

「城内に火をかけ、門を開け放って筒井勢を迎え入れる魂胆よな」

土瓶が言いあてた。

「間もなく、城のあちこちで火の手が上がろうぞ」

鵺も隠さずに告げる。

「そうはいかぬ。いまごろ、わが配下がそなたの配下を見つけて殺しておろう。狗神党が城のどこに火を付けるか、蛇神党には手にとるように分かる」

「わっちの配下は汝ら裏切り者などに討たれはせぬわ」

「相変わらず、気が強い」

「ふん。叔父ゆずりやもしれぬわ」

「鵺。叔父、姪は関わりない。門は開けさせぬし、そなたも生きて帰さぬ」

土瓶の視線が平助に振られる。

「魔羅賀平助。久しいわ」

「はて、それがしはお手前をおぼえておらぬが……」

「京の白川口の合戦の折り、おれも三好方として働いた。あの折り、おぬしを討てたが、引けの合図があったゆえ、退《しりぞ》いた。おぬしなんぞいつでも討てると思うたゆえな」

「ははあ。されば、それがしは命拾いをしたわけでござるな」

「そういうことよ」

勝ち誇った笑みを浮かべる土瓶であった。

「鵺どの」

平助がちょっと笑う。

「こんなときまで笑うのか、汝は」

「鵺どのでも身内には甘いと知れて、おかしくなり申してな」

「わっちが身内に甘いとは、何のことじゃ」

「土瓶は恐ろしい。鵺どのはそう言われたが、買い被《かぶ》りと申すもの。あの御仁《ごじん》は、白川口の合戦でそれがしを討たなかったのではない。討てなかったのでござる」

「なに……」

土瓶が、顔色を変え、かすかに動揺する。

「三好勢の兵と斬り結ぶそれがしの背後、十間《けん》。お手前は弓矢を構えていた。外すことのない近さだ」

と平助は土瓶に言った。

こんどは、それとはっきり分かるほど、土瓶はうろたえる。

「なれど、射放《いはな》てば、それがしに躱《かわ》されたあげく逆襲を受けるのでは、と足がふるえた。そして、引けの合図に安堵し、一目散に逃げた」

闘いのさなか、そういう背後の気配を感じていた平助なのである。

「でたらめだ」

女のような金切り声をあげるや、

「あやつを討て」

土瓶は配下らに命じた。

蛇神党の四人が、抜刀し、平助に殺到する。

「おぬしら、くだらぬ男をかしらと仰いだ不運とあきらめよ」

平助は、真っ先に突っ込んできた者を、鎗の穂《ほ》の振り下ろしの一撃で叩き伏せた。

八岐大蛇の前立が吹っ飛んだ。

その動きをとめずに、旋回させた鎗の石突《いしづき》で、次の対手の顎《あご》を下から打ち砕《くだ》くと、つづけて三人目の足を払い、兜で重い頭から地へ落とした。

懐《ふところ》へ入ってきた四人目には、鎗を用いず、拳《こぶし》を顔面へ叩き込んだ。

すべては瞬息《しゅんそく》の間の出来事であり、平助は息ひとつ乱していない。

（この男が兄の仇……）

平助の強さを知ってはいても、こうして目の当たりにすると、桁外《けたはず》れであることを、あらためて思い知らされた鵺である。まともに闘って勝てる対手ではない。

土瓶の顔からも血の気が失《う》せている。

轟然《ごうぜん》、と鉄炮の斉射音《せいしゃおん》が、皆の耳朶《じだ》をふるわせた。左近の即断により、筒井勢が攻撃を開始した、と平助には分かった。

伊豆守と警固士らは、思わず、その場に膝をついている。警固士の中で、おのれの身を伊豆守に覆《おお》いかぶせ、これを守ったのはひとりだけである。

「射放《いはな》てえいっ」

城内からも、応戦が始まった。

土瓶は、背を向け、遁走《とんそう》にかかる。

「待て、土瓶」

追わんとした鵺だが、平助に抱きとめられる。

「まずは開門にござる」

「裏切り者は見逃さぬ」

「土瓶は逃げ足だけが速い臆病者にござる。まことの強さをもつ鵺どのなら、いずれ必ず討てる対手」

「わっちは強くないわ。いま汝を恐ろしいと……」

はっとした鵺は、語尾だけは辛《かろ》うじて呑み込んだ。素直な感情を口にしかけた自分に慌てたのである。

「それがしとて、鵺どのが恐ろしい」

「うそを申すな。陣借り平助に怖いものなどあるものか」

「鵺どのはそれがしも買い被っておられたか。それがし、この先、もし鵺どのにやさしゅうされることがあったらと思うと、まことに恐ろしいのでござる」

「わっちが汝にやさしゅうすることなど、ありえぬわ」

「よかった。それなら骨抜きにされずに済む」

互いの鼻が触れそうな近さで、平助は微笑んだ。

「は……離れよ」

「これは、ご無礼」

平助は鵺から身を離した。

近くに、矢が突き立った。城外からのものだ。武者押しの声も聞こえる。

「左近どのが門へ迫っておられる」

平助は、門へ向かって走った。鵺もつづく。

「遣《や》るな。あやつらを止めよ」

伊豆守が喚《わめ》いた。

その声は、いくさの喧噪に掻《か》き消されてしまう。城兵の耳に届いたとしても、いきなり総攻撃を仕掛けてきた寄手《よせて》に必死で応戦中のかれらは、城内で起こっていることに関わる余裕もない。

警固士の中から、ひとり飛び出した。最初の銃声が轟いたとき、伊豆守を守った者である。

馬番《うまばん》を任されていた狗神党の二人が、それを見て、その警固士の前へ素早く回り込んだ。

ちらりと振り返った平助は、警固士の闘いぶりに目を瞠《みは》った。

低い姿勢のまま、走りながら陣刀を抜き討って、ひとりの肘《ひじ》を斬ると、もうひとりとは、合わせた刃をひっ外《ぱず》しざまに、頸根《くびね》へあやまたず物打《ものうち》を打ち込んだのである。

(手錬者《てだれ》だ)

警固士は俊敏だ。めざましい速さで、平助のほうへ真一文字《まいちもんじ》に向かってくる。

平助は、門に向かって、鎗を投げつけた。

ひいっ、と悲鳴を洩らして、門番の足軽たちは身を避《さ》けた。門扉に突き刺さった鎗が柄《え》をふるわせる。

「鵜どの。開門はまかせた」

門の五間ほど手前で、手錬者に向き直った平助は、腰の志津三郎の鞘を払った。

鵺が足軽たちと斬り合いを始める。平助には、振り返らずとも、鵺の勢いに足軽たちが恐れをなしているのが分かった。

城内でようやく火の手が上がったのは、このときである。

馳せつけた警固士が、陣借り平助に臆することなく、鋭い突きを見舞ってきた。

その刃を、平助は志津三郎で巻き込み、躰を寄せた。

両者の肩と肩がくっつく。

「見事な剣。お名を聞かせられい」

平助は言った。

「柳生新次郎厳勝《やぎゅうしんじろうよしかつ》」

若い警固士は名乗った。

「もしや柳生宗厳《むねよし》どのがお子か」

「嫡男《ちゃくなん》にござる」

「道理でお強いはずだ」

大和国添上郡《そえかみ》に住す柳生家は、いまは松永久秀に属している。当主の宗厳は、上泉信綱《かみいずみのぶつな》より新影流兵法の印可を得て、この頃すでに武名を轟かせていた。おのが流名を柳生新陰流と称するのは、少し先のことである。

「跡取りを失《うしの》うては、お父上が悲しまれよう」

「魔羅賀平助に討たれたのなら本望《ほんもう》、と父も喜び申そう」

「では、まだ闘われるおつもりか」

「いくさ場にて敵味方であるからには、勝敗を決せねばなり申さぬ」

「新次郎どの」

「何か」

「生真面目《きまじめ》すぎる」

平助は、新次郎の刀身を押さえている志津三郎の柄《つか》から、ふいに手を離した。

力を入れて怺えていた新次郎は、唐突に重圧を解《と》かれたその拍子に、刀が勝手に跳《は》ね上がりすぎるのを止められず、両脇を大きく空《あ》けてしまう。

すかさず、平助は組みつき、新次郎に投げをうった。

背中を地に叩きつけられ、呻《うめ》いて、無防備となった新次郎を、平助は難なく当て落とした。

そのときには、鵺が足軽たちを蹴散らして門を開《あ》け始めている。

平助が手を貸し、門は一挙に開かれた。

肉薄していた筒井勢の先陣が、わあっと雪崩《なだ》れ込んでくる。先頭をきって、歓喜に拳を振り上げるのは、島左近であった。

平助は、新次郎を担ぎあげ、かれらに道を空けた。

鶍の姿を探すが、見つからない。

(土瓶を追ってゆかれたか)

鶍は根っからの陣女《いくさめ》のようである。

とすれば、いつか平助がやさしくしてもらえることはないのかもしれない。

「それはそうだろうなあ……」

頬を、ぺろりと舐められた。丹楓が寄ってきたのである。

六

松永久秀は、美濃庄城の窮地を知るや、ついにみずから軍を率いて多聞城より出陣したが、三好勢と衝突する前に、落城の報が伝わったため、即座に引き返してしまった。

ふたたび多聞城に引きこもった久秀を、もういちど誘き出すのは困難とみた三好三人衆は、大和盆地の松永方の各城を幾つも落としてから、河内へ撤退する。筒井勢による緒戦《しょせん》の美濃庄城攻略が、かれらにも勢いをつけたといえる。

「平助。礼を申す。心より礼を申すぞ」

藤四郎は感激した。

「陣借りではなく、筒井家に仕《つか》えてくれぬか。百万石は無理だが、できる限り、そのほうの望みを叶《かな》えよう」

「藤四郎どのは、よいご家来衆をもっておられる。それがしのような気随《きずい》気儘《きまま》の牢人《ろうにん》者《もの》を召し抱えられる必要は、まったくござらぬ。島左近どのや松倉右近どのらをよくお用いになれば、早晩《そうばん》、筒井城も取り戻すことができましょう」

この久秀に対する初の一勝から、藤四郎の武運は開《ひら》けてゆき、二ケ月足らず後《のち》に早くも筒井城の奪還に成功することになる。

美濃庄攻城戦の勝利の翌々日、藤四郎の筒井軍は布施城に凱陣《がいじん》した。

帰着するなり、芳秀尼の使いがやってきて、平助ひとり、客殿へよばれた。

客殿へ上がると、線香が強く匂った。

(よもや……)

通された部屋には、夜具が敷きのべられ、木阿弥が眠りについていた。おもてを白《はく》布《ふ》で被《おお》われて。

永遠の眠りであった。

枕許《まくらもと》にひとり、芳秀尼が端座《たんざ》している。

平助を見上げた芳秀尼の双眼から、いままで怺えていたらしいものが零《こぼ》れ出た。

「御免」

平助は、木阿弥の顔を被う白布をとり、掛け具を胸まで下げた。頸《くび》に布を厚く巻かれている。

「喉をひと突きに……」

と芳秀尼が言った。

そのようすに、どこか違和感がある。

(自害されたのか)

ようやく理解した平助だが、念のため、たしかめた。

「木阿弥どのはみずからお命を絶《た》たれたと言われるか」

芳秀尼のうなずきが返される。

「昨日、藤四郎が見事、美濃庄城を落としたという捷報《しょうほう》に接し、木阿弥どのも大いに喜んでおられた。その夜、この尼とともに、祝いの酒を一盃だけ召されて、寝間へ引き取られた。それなのに、今朝……」

声を詰まらせる芳秀尼であった。

「さようか」

平助は、掛け具も白布も元へ戻す。

「頸にかけておられた守り袋の中に、これが」

と芳秀尼は、懐から守り袋と一枚の紙を取り出し、平助のほうへ押しやった。

紙には、たった一文字だけが書かれていた。

〈夢〉

平助は、出陣前の日々を布施城で過ごす間に、木阿弥が短冊《たんざく》に和歌を記すところを見ている。盲目なのに、文字を記せることにも驚かされたが、その筆蹟《ひっせき》の美しさにはさらに驚嘆したものだ。想像もできないほどの鍛錬をしたのだろうと敬服するほかなかった。

〈夢〉という一字は、たしかに木阿弥の筆によるものである。

木阿弥の心が、平助には明瞭に伝わった。

「分からぬ。なにゆえ木阿弥どのは……分からぬ」

いやいやをするように、芳秀尼はかぶりを振る。

「尼御前《あまごぜ》に不躾《ぶしつけ》なことを訊ね申すが、おこたえいただきたい」

「木阿弥どのに関わることなら」

「木阿弥どのとそれがしがこの城にまいった日の夜、おふたりは共に過ごされたと存ずる」

芳秀尼は、息を呑んで身を硬《かた》くするが、やがて、こくりと首を縦にした。

「もしや尼御前は契《ちぎ》りを望まれ、木阿弥どのに固く拒まれたのではござらぬか」

平助の言う契りとは、男女の情交をさしている。これにも、芳秀尼は首肯《しゅこう》した。

「かつて木阿弥どのが順昭どのの代わりをつとめられたころは、木阿弥どののほうがそれを望んだ。が、尼御前ははねつけられた」

「嫌《きろ》うて、はねつけたのではない。むしろ、亡き良人《おっと》の身代わりを懸命につとめてくれる木阿弥どのを、男として好もしいとさえ思うた。なれど、あのころのわたくしの使命は、筒井の家と藤四郎を守ること」

「それで、こたび、木阿弥どのに拒まれたとき、昔の復讐に相違ないと思い込み、怒りを湧かせられた」

「決して……決してそのようには思わなんだ」

「昨夜、木阿弥どのを殺《あや》めようとなされたな。対手は盲《めしい》ゆえ、女の手でも事はたやすい」

「何を申す。無礼ぞ」

怒りながらも、芳秀尼の美しいおもてが朱《しゅ》ではなく、白くなってゆく。平助の言ったとおりである、と告白したも同然であった。

「ところが、尼御前が忍んで往かれると、すでに木阿弥どのは自害されたあとであった」

「愚かしい。もうよい」

芳秀尼は裾《すそ》を払って立ち上がろうとした。それを平助が押さえつける。

「人をよびますぞ」

「最後まで聞かれよ」

平助の腹の底からの声に、芳秀尼は怯《おび》えて黙った。

「木阿弥どのが尼御前との契りを拒まれたのは、なにゆえかお分かりか。それは、尼御前が木阿弥どのにとって夢だったからにござるぞ」

「……」

「昔、身代わりの役を終え、筒井家にとって用済みとなった自分の命を救うてくれた上、勿体ないばかりの謝礼と九州行きの船の手配までしてくれた大方殿。自分は大方殿に不埒《ふらち》な思いも抱いたのに、これほどの温情をかけてもらった。そのときから、木阿弥どのにとって大方殿は夢になったのでござる」

芳秀尼の表情から怯えの色が消えてゆく。

「木阿弥どのの夢は、叶えるものにはあらず。終生、見つづけるものにて、もし尼御前と、いや大方殿と契れば、夢は終わってしまう。なればこそ、拒まれた」

「ならば、なにゆえ自害を。契っておらぬのに」

「拒んだことで、尼御前の心を乱したと木阿弥どのはおのれを責めた」

「それだけで、命を……」

「それだけではござらぬ。男女の仲になっておらずとも、夜を共に過ごした事実は消え難《がた》く、いずれ噂になる。それは、夢を汚《けが》すこと。汚した罪は、ひとえに自分にある」

「罪と申すなら、この尼に……」

「夢に罪があるとお思いか」

平助は、芳秀尼から離れた。

「木阿弥どのは、おのれの死をもって、夢を守られたのでござる」

「なぜ昨夜に」

「尼御前は藤四郎どのの捷報に心より喜ばれたはず。矢銭が役に立った上、恋い焦《こ》がれてきたひとの無上の笑顔を瞼の下で感ずることができた。死に時は、昨夜しかなかったのでござる」

「わたくしは、なんということを……なんということを」

尼御前は、突っ伏して、慟哭《どうこく》した。

（このおひとは……）

大方殿とよばれていた頃の芳秀尼が、木阿弥に温情をかけたのは、おそらく何不自由なく育った上流の女性《にょしょう》にありがちな自己満足であったろう。善行を施す自分が可愛く、陶酔するのである。偽善というものだ。

それには、施しの対象が自分より何もかもが下であらねばならない。その意味で、一千貫もの矢銭を持参しながら、それでも芳秀尼を崇《あが》めてやまぬ木阿弥には、やさしく接することができた。ところが、そういう対象がいちどでも思いどおりにならないと、一転して心の夜叉を表に出す。それこそが本性というべきであろう。

芳秀尼の本性を知らぬまま命を絶った木阿弥は、幸せであったかもしれない。夢を見つづけながら逝《い》ったのだから。

そして、いま泣きじゃくるこの瞬間だけの芳秀尼は、木阿弥の純愛に身も心もふるわせている。せめてもの供養《くよう》であろう。

この年の秋、藤四郎は得度《とくど》し、陽舜房順慶《ようしゅんぼうじゅんけい》と称するようになるが、あるいは、慶の一字は、芳秀尼が望んで、木阿弥の検校名の由原慶一からとったものかもしれない。

平助は、〈夢〉を守り袋に戻し、それをそっと芳秀尼の手に握らせてから、立ち上がった。

庭へ下りて、指笛を鳴らす。

待つほどもなく、丹楓が馳せつけた。

鞍上《あんじょう》の人となって、愛馬に声をかける。

「飛ばせ、丹楓。日暮れまでに堺へ帰るぞ」

鼻を鳴らし、眼を輝かせた丹楓は、いきなり飛ぶように走り出した。

城内を駆け抜けてゆく平助に、皆が目をまるくする。

島左近が走り寄ってきた。

「魔羅賀どの、いずこへ往かれる」

平助は、一言のみ、のこした。

「おさらば」

茫然と見送るしかない左近である。

（それがしは夢を見ていたのか……）

九十九折《つづら》りの山路《やまじ》を流星のごとく翔《か》ける破格の人馬を眺めながら、左近は思った。

筒井家の願いをひとつだけ叶えるために、この山のいちごんさんが天上《てんじょう》より招き寄せた陣星《いくさぼし》が、魔羅賀平助だったのではないか。

兵学において軍神とされる北斗七星の異称を、陣星という。

新緑のきらめきに、左近の夢の星は溶け込んだ。

（本書は、平成二十三年十一月に小社
から四六判で刊行されたものです）

一〇〇字書評

切り取り線

購買動機（新聞、雑誌名を記入するか、あるいは○をつけてください）

□（　　　　）の広告を見て	
□（　　　　）の書評を見て	
□ 知人のすすめで	□ タイトルに惹かれて
□ カバーが良かったから	□ 内容が面白そうだから
□ 好きな作家だから	□ 好きな分野の本だから

・最近、最も感銘を受けた作品名をお書き下さい

・あなたのお好きな作家名をお書き下さい

・その他、ご要望がありましたらお書き下さい

住所	〒				
氏名		職業		年齢	
Eメール	※携帯には配信できません	新刊情報等のメール配信を　希望する・しない			

この本の感想を、編集部までお寄せいただけたらありがたく存じます。今後の企画の参考にさせていただきます。Eメールでも結構です。

いただいた「一〇〇字書評」は、新聞・雑誌等に紹介させていただくことがあります。その場合はお礼として特製図書カードを差し上げます。

前ページの原稿用紙に書評をお書きの上、切り取り、左記までお送り下さい。宛先の住所は不要です。

なお、ご記入いただいたお名前、ご住所等は、書評紹介の事前了解、謝礼のお届けのためだけに利用し、そのほかの目的のために利用することはありません。

〒一〇一－八七〇一
祥伝社文庫編集長　坂口芳和
電話　〇三（三二六五）二〇八〇

祥伝社ホームページの「ブックレビュー」からも、書き込めます。
http://www.shodensha.co.jp/bookreview/

祥伝社文庫

陣星《いくさぼし》、翔《か》ける　陣借《じんが》り平助《へいすけ》

平成27年4月20日　初版第1刷発行

著　者　宮本昌孝《みやもとまさたか》
発行者　竹内和芳
発行所　祥伝社《しょうでんしゃ》
東京都千代田区神田神保町3-3
〒101-8701
電話　03（3265）2081（販売部）
電話　03（3265）2080（編集部）
電話　03（3265）3622（業務部）
http://www.shodensha.co.jp/

印刷所　堀内印刷
製本所　積信堂
カバーフォーマットデザイン　中原達治

 ISBN978-4-396-34114-5 C0193

祥伝社文庫の好評既刊

風野真知雄
水の城 新装版
名将も参謀もいない小城が石田《いしだ》三成《みつなり》軍と堂々渡り合う！ 戦国史上類を見ない大攻防戦を描く異色時代小説。

風野真知雄
幻の城 新装版
密命を受け、根津《ねづ》甚八《じんぱち》らは八丈島へと向かう。狂気の総大将を描く、もう一つの「大坂の陣」。

風野真知雄
喧嘩旗本 勝小吉事件帖 新装版
勝海舟《かつかいしゅう》の父で、本所一の無頼・小吉が、積年の悪行で幽閉された座敷牢の中から、江戸の怪事件の謎を解く！

風野真知雄
どうせおいらは座敷牢 喧嘩旗本 勝小吉事件帖
本所一の無頼でありながら、座敷牢の中から難問奇問を解決！ 時代小説で唯一の安楽椅子探偵・勝小吉が大活躍。

風野真知雄
当たらぬが八卦 占い同心 鬼堂民斎①
易者・鬼堂民斎の正体は、南町奉行所の隠密同心。恋の悩みも悪巧《だく》みも一件落着！ を目指すのだが——。

風野真知雄
女難の相あり 占い同心 鬼堂民斎②
鬼堂民斎は愕然とした。自分の顔に女難の相が！ さらに客にもはっきりとそれを観た。女の呪いなのか——!?

祥伝社文庫の好評既刊

野口 卓

軍鶏《しゃも》侍

闘鶏の美しさに魅入られた隠居剣士が、藩の政争に巻き込まれる。流麗な筆致で武士の哀切を描く。

野口 卓

獺祭《だっさい》 軍鶏侍②

細谷正充氏、驚嘆！ 侍として峻烈に生き、剣の師として弟子たちの成長に悩み、温かく見守る姿を描いた傑作。

野口 卓

飛翔 軍鶏侍③

小梛治宣氏、感嘆！ 冒頭から読み心地抜群。師と弟子が互いに成長していく成長譚としての味わい深さ。

野口 卓

水を出る 軍鶏侍④

強くなれ——弟子、息子、苦悩するものに寄り添う、軍鶏侍・源太夫。源太夫の導く道は、剣のみにあらず。

野口 卓

ふたたびの園瀬 軍鶏侍⑤

軍鶏侍の一番弟子が、江戸の娘に恋をした。美しい風景のふるさとに一緒に帰ることを夢見るふたりの運命は——。

野口 卓

危機 軍鶏侍⑥

平和な里を襲う、様々な罠。園瀬藩に迫る、公儀の影。民が待ち望む、盆踊りを前に、軍鶏侍は藩を守れるのか!?

祥伝社文庫の好評既刊

野口卓　**猫の椀**

縄田一男氏賞賛。「短編作家・野口卓の腕前もまた、嬉しくなるほど極上なのだ」江戸に生きる人々を温かく描く短編集。

葉室麟　**蜩ノ記**　ひぐらしのき

命を区切られたとき、人は何を思い、いかに生きるのか？　映画化決定！（二〇一四年十月四日　全国東宝系ロードショー）

城野隆　**風狂の空**　天才絵師　小田野直武

秋田蘭画を生み、浮世絵にも影響を与えた絵師の謎に包まれた生涯を、大胆な推理で活写した歴史人物伝。

富樫倫太郎　**たそがれの町**　市太郎人情控㈠

仇討ち旅の末、敵《かたき》と暮らすことになった若侍。彼はそこで何を知り、いかなる道を選ぶのか。傑作時代小説。

富樫倫太郎　**残り火の町**　市太郎人情控㈡

余命半年と宣告された惣兵衛《そうべえ》。過去のあやまちと向き合おうとするが……。家族の再生と絆を描く、感涙の物語。

富樫倫太郎　**木枯らしの町**　市太郎人情控㈢

数馬《かずま》のもとに、親友を死に至らしめた敵が帰ってくる……。一度は人生を捨てた男の再生と友情の物語。